日本小學館正式授權繁體中文版

「友崎同學，你玩AttaFami的技術很厲害吧？」
日南葵
Aoi Hinami

「這該不會就是小女子我七海深奈實的貞操危機吧!?」
七海深奈實
Minami Nanami

「這種反應就不用了！快回答問題！」
夏林花火
Hanabi Natsubayashi

「友崎同學你啊，
最近好像跟葵挺要好的喔？」
泉優鈴
Yuzu Izumi

「我也一樣……很喜歡，安迪的作品……」
菊池風香
Fuuka Kikuchi

葵
深實實

葵的
弱點♡
性騷擾!

The Low Tier Character
"TOMOZAKI-kun"; Level.1

CONTENTS

弱角友崎同學

Lv.1

The Low Tier Character "TOMOZAKI-kun"; Level.1

屋久悠樹
Yuki Yaku Presents

Fly
Illustration

角色介紹

友崎文也（Fumiya Tomozaki）
高中二年級。弱角。

日南葵（Aoi Hinami）
高中二年級。學校的完美女主角。

七海深奈實（Minami Nanami）
高中二年級。開心果。

夏林花火（Hanabi Natsubayashi）
高中二年級。小個子。

泉優鈴（Yuzu Izumi）
高中二年級。很吃得開的女孩子。

菊池風香（Fuuka Kikuchi）
高中二年級。喜歡看書。

0　全破後重看一次開場畫面莫名地令人消沉

雖說有所謂『人生是神作遊戲』的知名文章（轉貼），但從我的角度來看，那都是騙人的。

說是只要全心努力便能勉強破關，平衡度調整地十分巧妙的遊戲，但這只是沒有真正面對過無論如何都無計可施的事態的人在胡說罷了。就算要說每個角色都是帶著深刻的人性與歷史背景登場，那也只是不知道世上有一大堆內在膚淺的路人角的人所說的空泛理想罷了。麻煩你別說我也是路人之類的話。

就算無限×無限像素的畫素每秒有無限幀在動，也不代表就一定是好事。畢竟也有畫素少才能感受到的獨特韻味，最重要的是這世界就是解析度太高了，所以像我這樣的醜男才會顯示成醜男的模樣。如果是點陣圖的話大家看起來一定都一樣。我可沒哭啊。

歸根究柢說起來，如果能既複雜又美麗，那麼愈複雜愈美麗就愈好的想法本身一開始就是錯的。一款優秀的遊戲，無論何時都是既單純又美麗的東西才對。

將棋是這樣，超級瑪利歐也是這樣，最新的ＦＰＳ的規則與概念也很單純。在單純的規則與概念之中，蘊含著深奧與韻味。

在歷史上留名的遊戲，無論什麼年代都是那個樣子的。

那麼，說起來，人生又如何呢？

從古至今有許多聰明的科學家，藉由實驗與驗證去尋求名為『各種現象的定律』的『人生規則』，結果到現在都還沒有把答案找出來。

從古至今有許多敏銳的哲學家們以理論來整理思緒，將所謂『活著的意義是什麼？』的『人生概念』透徹思考，不過那些都是可以用因人而異這幾個字來反駁的意見，所以我一個字也沒聽過。

要是一款遊戲就像這樣，不但說不上單純，而且硬要依照現況說個答案的話，也只能說出『總之活下去就對了，之後怎樣我不曉得』這種有講跟沒講一樣的規則與概念，那麼到底有哪一點可以說是神作呢？

還不只如此，人類就算做一樣的事情，還是有可能會因為長相、體格或年齡而遭受歧視或者誤解，就算拚命努力也是有可能在正式上場時因為身體狀況不好而搞砸一切。老是會看見能夠判斷成糞作而且具有說服力的要素。像我這樣一點罪過也沒有的弱角，只不過是天生很弱而已就這麼受苦受難。

不講理又不平等，對弱者十分不利。

這就代表——『人生是款糞作』。

這種普通到不行的成句，才是這個世界的真相。

然後，說不定有人會說這種話來反駁：「你就是沒有好好努力面對人生才會這樣想吧？」不過這就是天生生為強角的人才會有的思考偏差。

因為本來就處於有利的立場，才不會注意到『人生』是多麼地不講道理。用強角玩簡單模式，輕輕鬆鬆就開無雙而樂在其中，還一直以為那樣就是世界的一切。

也就是說，那只是一日玩家的意見罷了。

沒什麼在鑽研遊戲的話就別出來亂說。

剛好天生就是強角而藉此享樂的一日玩家，沒有談論人生的資格。

因為這是在各款遊戲中持續努力，而且一直站在頂點的我所說的，所以不會有錯。

人生，就是一款糞作。

——以上。日本第一的玩家，nanashi 留。

1 說來說去有名的遊戲基本上都很好玩

實力差距太明顯了。

我操作的忍者角色『Found』的動作，與中村操作的狐狸角色『Foxy』的動作之間，有著不管是誰都看得出來的等級差異。嗯，差不多就是「以現充（註1）來說還滿能幹的嘛」的程度。聽說他在用這款家用遊戲——AttaFami所下的賭局中老是會贏，不過他的程度也就這樣了。比賽開始沒多久，我就非常確定贏的人會是我。

不過一扯上AttaFami，我可是不能放水的。所以就算是中村只剩一命的這種狀況，我還是刻意裝得很老實地衝過去，途中再使用『瞬』，藉由這樣的方式來擾敵。以他那種實力來說，說不定連瞬是什麼都不知道吧。那是極度接近地面的時候，藉由往斜下方『空中迴避移動』而快速滑過地面的迴避技巧。

中村就這樣中了我的擾敵招數，發出打擊。我用往後移動的瞬躲過他發的招式之後，再趁空隙靠近。這款遊戲的連續技基礎是投擲，要看以投擲技開始的連續技

註1　原文「リア充」，意指「在現實中過得很充實的人」，例如交友關係或生活環境之類很好的人。

能夠接幾段下去。我目前使用的角色 Found，在這方面特別厲害。

Found 抓住中村用的角色，從這一刻開始就是我的個人秀了。看起來很簡單其實需要纖細操作的連續技，一段接著一段進行下去。雖然也不是沒有從中脫困的方法，不過中村並不知道，也做不到。所以理所當然地，連續技就會這樣接到最後。

這樣子，中村就剩下零命了──

「好了。」

嗯，我打贏了。哎，我玩 AttaFami 是不可能輸給外行人的，但是卻有一種怎麼贏得這麼容易的感覺。莫名地覺得接下來的發展會很可怕。

總共四命的設定，沒有特殊機關的平坦舞台，兩邊都是第一次看對方玩。在這種平等的條件之下，中村剩下零命。而我剩下──四命。

這個嘛，也就是大獲全勝。看向中村那邊，就發覺他露出一副想說些什麼話的表情，交互看著我的臉與我手上的手把。從他面向我臉的視線當中，可以看得出一絲絲的劣等感。這讓我有些驚訝，沒想到我的高中生活中，會有讓中村對我投以這種虛弱眼神的時候。我從來沒有想像過。

褐色頭髮的帥哥，一看就覺得是現充，不管是讀書、運動，還是受歡迎的程度，甚至連遊戲技術都是頂尖，彷彿光是言行舉止就比周遭的人們高出一階，面貌也是自信滿滿的現充高中生中村。這樣子的中村用十分虛弱的眼光看著我。看著我這種，光是外表就讓人覺得是噁心阿宅的人。

「……的……題。」

中村在說著什麼。

「咦？」

「是角色的問題。」

「……啥？」

「是我用的角色不好。正常來說是這樣沒錯吧？」

「不、不對，這個角色跟這個角色，在性能上是差不多的說……」

「不是說這個，是相剋。會這樣，不管怎麼說都是角色相剋造成的吧？」

中村講得像是理所當然一樣。這真的讓我目瞪口呆了。他的說法不管怎麼想都是藉口啊。

然後，我發覺這是怎麼一回事了。他會對我做這種沒意義的掙扎，就代表他有多看輕我。輸給我對他來說十分屈辱，達到了不做到這種地步就沒辦法法保住自尊的程度，而且他甚至有對我這種人找個爛藉口也沒差的想法。瞧不起我就是他行動的前提。對，這就是賦予弱角的不平等命運。

不過，只有現在不是這樣。

只有這一瞬間，只有 AttaFami 在我眼前的瞬間不是這樣。

「的、的確，Foxy 因為下墜速度比較快，所以連續技會比較容易接下去。」

「對吧。這種遊戲就是角色會相剋啊。」

我吸了一口氣，然後筆直地盯著中村的眼睛不放。雖然，會害怕。

「……你說的那些，只是藉口吧。」

不過我早就習慣被瞧不起了。也不覺得有什麼委屈。因為會這樣是當然的。

「但這本來就是這樣啊。玩這種遊戲贏了你會高興喔？明明就是一款糞作。無聊。」

不過，這種事我總是沒辦法習慣。

輸的人不去努力，還把輸了找藉口搪塞的行為當成理所當然——這是我這輩子最討厭的事。

「我很高興啊。中村會覺得無聊是因為沒打贏吧？沒有體會到打贏的感受所以沒辦法理解吧。如果是贏家在贏了之後說很無聊，還能讓人瞭解他為什麼會這麼說。不過，輸的人在輸了之後還這樣講，頂多就是喪家犬在說風涼話罷了。」

我當成自己就處在 AttaFami 的戰場上，對中村回嗆過去。

「啥?本來就是角色相剋啊。跟你說是糞作就是糞作，沒人輸也沒人贏啦。」

「差別不在角色相不相剋。中村會輸是因為中村比較弱，就算我們角色互換我還是會贏。」

「……那要試試看嗎?換角色來打。這樣子我一定不會輸，不會輸給你這傢伙。」

中村說話時眼神燃燒著鬥志。有辦法在這個時間點放話說自己一定不會輸，不知道是膽量還是遲鈍，像是毫無根據的自信一般的東西，真的就是人生中的強角才會擁有的。我這樣的人，我這種人生中的弱角沒有那種東西。儘管自己不對，還能強硬地擺出一副自己沒錯的言行舉止，以『因為是自己』為基礎而抱持的自信。像那種生物性的強大，不是我擁有的東西。

還不只這樣，就算我已經壓倒性地贏成這樣，不知為何，現在我還是有點不安。不過，現在這一瞬間的我可不是什麼弱角。

「……不，這樣子挺麻煩的啊。」

「是怎樣啦，你剛才都說成那樣了，就來比啊。」

「不是這個意思，是說你之後要是又找什麼無聊的藉口的話挺麻煩的。」

「啥？」

在打 AttaFami 的我，可是最強的啊。

「角色當然要互換，還有手把也得交換一下。要是你說按鈕按了沒用之類的話我可受不了啊。還有，要不要連坐的位置也換一下啊？感覺你也會說畫面的反射～怎樣怎樣之類的。對了，調成全部八命好了。長期戰才能讓實力明確地展現出來吧？嗯，還有什麼呢。要不要規定不能用不知道掙脫方法就無法掙脫的連續技呢？畢竟那不是技術而是知識的問題啊。這樣子就可以單純以操作技術、反射神經，還有判斷力來比高下了吧。嗯——還有什麼呢……要不要連衣服也互換一下？」

哈哈哈，說出來了說出來了。這樣子之後真的會後悔啊，是我會後悔。

「……才不用咧。我說真的，你可別太囂張。」

他用很凶的眼神瞪過來。被這樣全心全意地瞪著，就會讓我發自本能覺得我是比這傢伙還低等的動物，劣等感不由自主地湧了出來。變得會想要說對不起。明明不管怎麼想，在這裡的人只有我是對的卻還是會這樣，這就是我人生註定的規則。

我跟中村互換了位置、互換手把、互換角色，將命數調到總共八命，當然是沒有誇張到連衣服都換。之後只要按下開始鈕，戰鬥就會開始。

「要是我贏的話就要認清事實啊，中村。」

「我知道啦。」

「你不知道吧。」

「……我知道了啦，我會好好認同你的實力的。」

「不，當然你也是得認同我的實力啦，不過你還有一件事得搞清楚。」

「什麼啊？」

這傢伙根本什麼都沒理解。

「你剛才不是說 AttaFami 是糞作嗎？」

「啥？」

說實在的，比起他不認輸，這點更讓我一肚子氣。

「……搞清楚，AttaFami可是一款神作。」

當然，這場比賽的結果是，八命中我保留了八命，大獲全勝。

＊　＊　＊

nanashi：辛苦了

光輝：辛苦了

然後，隔天我就像平常一樣，熟練地打著簡稱AttaFami的Attack Families的連線對戰。因為對戰雙方可以聊天的關係，禮貌上打完之後會互相打個招呼。當然這次也是我勝利。勝率一步一步地上升。四個月前勝率全部重置以後，過幾個星期就把勝率擠進全日本第一名的我，現在也是毫無危險地維持著這樣的地位。我的網名是nanashi，是因為覺得取名字還滿令人害羞，而且無名聽起來也比較帥，所以才這樣取的（註2）。那跟我的本名友崎文也一點關係也沒有。

雖然在勝率重置之前也是有幾次從第一名掉下去啦，不過我幾乎是一直維持在

註2　nanashi即「名無し」的讀音，意為「無名」。

第一名。要說國內沒有我的敵手應該也沒關係吧。

AttaFami因為有難得一見的完成度，所以在線上對戰遊戲界中擁有最多的玩家人口。也就是說，在這款遊戲打到第一名的話，就可以理直氣壯地說我是全日本最會玩遊戲的人。應該吧。

這樣的我，也就是nanashi，跟名字也有關係，唯一在意的一名AttaFami玩家就是『NO NAME』。第一名的位子雖然從沒被他拿下，但他這幾個月一直都維持在第二名。而且就我確認的情形來說，自從第一次成為第二名以後，NO NAME的地位就沒有被人奪走過。也就是說，『nanashi』與『NO NAME』獨占著第一與第二名。

因為名字也很類似，網上的遊戲社群也有「那兩個帳號難道不是同一個人嗎？」這樣的謠言，而且傳得跟真的一樣。

所以身為nanashi的我要在此斷言：nanashi與NO NAME，百分之百是不同人。

不過，NO NAME出現在AttaFami界是這幾個月的事，他卻以不太可能辦得到的速度衝進第二名，以及最重要的，就是nanashi與NO NAME之間的直接對決仍然沒有實現，這三點讓兩人是同一人物的理論帶有真實感。不管怎樣，使用的角色同樣都是Found，玩起來的風格也很像。恐怕是他從對戰影片的檔案庫中參考了我的玩法吧。

nanashi：辛苦了

YuKichi：辛苦了　你很強呢！
nanashi：謝謝誇獎。那就先這樣

就像這樣又贏了一場，然後離開對戰房。說真的我也有輸的時候，不過最近連這方面都變成像是在跟自己戰鬥一樣。基本上我不會因為對手技巧高超而輸，如果輸了的話幾乎都是自己的失誤所造成的。就是因為這樣，所以就算現在是第一名也還有努力的價值，也可以說是還有精進的餘地。

所以下次就要在戰鬥中一邊想著減少失誤一邊打。就在我想著這件事的時候。

我倒抽了一口氣。

對戰對手的欄位寫著一個名字。

NO NAME　Rate：2561

我感受到全身上下的血液都往腦部集中。這就是許久不見的那種對對手有所期待的感覺。我還發覺自己抓著手把的力道也變大了。

比賽開始。然後我馬上就嚇了一跳。我一直以為 NO NAME 是在模仿我的操作風格，不過，比賽才剛開始的行動就已經完全不同。

我是朝敵方突進，以接連續技為目的。然而 NO NAME 是在原地待機，開始給飛行道具蓄力。

這是兩邊都用 Found 進行對戰的時候，讓我唯一覺得處於弱勢的行動。

而且這不是偶然。我毫無來由地這麼想。

不知道為什麼，我很確定他是對我有所研究，而且沒有墮落到傻傻地模仿我，是自己整理出了一套對策。

更讓我驚訝的是，NO NAME 他正確無比的操作，還有壓倒性的掙脫連續技的技術。要是我的操作有一點點不夠嚴謹，連續技就會當場被掙脫。

立回（註3）與接連續技的創意還是我比較厲害，不過單純評論掙脫連續技的技術的話，說真的——他已經超越我了。

與其這麼說，恐怕我掙脫連續技的技巧本來就不好。原因是我強過頭了，本來就很少被對方接起連續技。反過來說的話，這就是我屈指可數的弱點之一。

換句話說就是『不要吃下連續技開頭的攻擊就行了，所以根本沒有掙脫連續技的必要』。就是這樣的想法，與這樣的前提。也就因為如此，如果 NO NAME 身懷與我相當的立回與接連續技的創意，我就會當場輸在掙脫連續技的技術差別吧。

——而且，恐怕 NO NAME 早就已經把這點放進他的視野之中了。

註3　原文「立ち回り」，華語界格鬥遊戲玩家用語為「立回」，指的是格鬥對戰系遊戲中，成功攻擊對方或防禦對方攻擊前的所有動作，也就是牽制、誘敵等等的一連串動作。

為什麼我會知道呢。這很簡單。

因為 NO NAME 掙脫連續技的技巧，跟實力比起來實在太厲害了。

有這麼厲害的實力的話，被敵方接起連續技的機會會很少，也就代表練習掙脫連續技的機會也會變少。所以，不只是 NO NAME，超高排名玩家中包括我，擅長攻擊而不擅於防守的玩家比較多。

然而，這位 NO NAME 相較於國內第二名的實力，防守的經驗值也太高了。不對，不如說是他**擅長的就是那方面**。

這是說 NO NAME 被人接連續技的機會很多——不對，真要說的話這代表『為了平常的練習，所以故意被人接連續技』才對。

也就是說 NO NAME 他捨棄了近在眼前的得勝機率或者玩遊戲的爽度等等。

他只注視著最後的實力還有長期的排名，而一直戰到現在。就算眼前的一戰陷入弱勢，就算得勝的機率降低，就算排名與評價變差，他還是選擇了幾個月後的實力。

有些人可能會說那是瞧不起對手的玩法，但並不是這樣，那可是實實在在的鍛鍊啊。

至少我不知道還有哪個玩家會像他那樣，把各種即時的快感捨棄到這種地步，貫徹到底，而且還呈現著顯而易見的『結果』。

NO NAME。我是打算一直待在日本第一的位置，不過說不定我沒有這麼說的餘裕了。但只有這件事我可以很確定地說。以現況來講，如果國內會出現超越我的AttaFami 玩家的話。

那個玩家就是 NO NAME，只有他一個人。

想著這些事情的時候，結果——顯現出了目前的實力差距，我剩下兩命贏過了他。

nanashi：辛苦了

然後是最後的禮儀，聊天時打個招呼。對方回禮之後，就要離開對戰房了。

NO NAME：請問你住在關東嗎？

嗯？他問我住哪裡。不知道是想做什麼呢。

nanashi：對，是住關東沒錯……

NO NAME：如果方便的話，可以見一面嗎？

nanashi：咦，你指的是在現實中一對一的意思嗎？

NO NAME：是的，就是這個意思。如果可以的話想要聊聊天，還有扳回一城。

網聚的邀約，而且很可能是一對一。是這樣沒錯吧？

該怎麼辦呢。這陣子要跟網路上認識的人見面的門檻的確是降低了，事實上，用一般的角度來看也不是多麼危險的事。如果像我們這樣有著 AttaFami 第一名與第二名的關聯，見了面說不定會很有趣。既然這樣……

nanashi：瞭解了，可以喔。

NO NAME：非常謝謝你！離你最近的車站是哪一站呢？請你來我這邊不太好意思，我會去你那邊。

nanashi：嗯——我想想……

我指定車站，跟他約好在哪裡會合。我沒有指定離我最近的車站，而是指定了跟我家差一個車站的終點站。這樣子對對方來說交通也比較方便吧。

NO NAME：瞭解了！那麼下週六下午兩點就麻煩你多關照了！

就這樣，夢寐以求又完美實現的對決之後，馬上就輕鬆乾脆地決定了與 NO NAME 的一對一網聚。

與中村對戰的星期六，以及與 NO NAME 對戰的星期日都結束，隔了兩天沒來的學校中，二年二班的教室比預料之中還要平凡。畢竟我是抱著中村就算弄些什麼動作讓我的地位顯著下降也不奇怪的覺悟而上學的，這樣不只不符合我的預想，更重要的是讓我十分安心。

被人評論說以前中學的時候很強，在高中也是第一強的中村，終於跟被人評論成『聽說好像還挺強的』我進行對決的話題，雖然是沒有成為什麼大新聞，還是以兩、三個禮拜會發生一次的事件的感覺默默地滲入了班上。而在對決結束後的現在，反而沒有人在談論這個話題，可是是因為大家多少都察覺到發生了什麼事，而當成一種疙瘩來看待吧。也好，這樣子就是最和平的解決方式了。

就像這樣，我像平常一樣過著孤單的日子，過著雖然沒有刺激但也不會特別不滿足的時光。要說我是在歌頌沒什麼特別的日常生活也無妨。我就是享受這樣的日常而活著的。

——在這樣的生活之中，星期三的午休時間發生了一起小小的事件。

＊　＊　＊

想說今天也一個人隨便吃個午餐，走在走廊上的時候，我突然撞見了中村。這種情形如果跟平常條件一樣的話，只要互相無視對方就可以了，但這次發生了非常規的狀態。中村帶著一個女生，而且，是帶著日南葵。

日南葵。才色兼備的大和撫子，而且她天真爛漫，是無論男女都會喜歡，無庸置疑的完美女主角。學科能力理所當然是校內第一，短跑跟手球之類的體力測驗也是每項都超群的女生第一名。不對，不只是女生，她甚至可以跟男生的前幾名激烈對抗，強到像是作弊一般。而且她竟然還有不會讓人討厭的自然妝容，以及人見人愛的笑容。然而她同時也有種不太會讓人厭惡的，不知道該說是天然呆還是直率的傻氣的要素，擁有這樣的缺點反而把她徹底塑造成了完美的女生，甚至還會散發出性感的魅力，所以我已經搞不清楚她的構造到底是怎樣了。就連不擅長應對現充的我都會抱持好感，正確來說應該是到了戒慎恐懼的程度。

連她為什麼會來這間關友高中都不禁讓人覺得不可思議。關友在埼玉縣內是前幾名的私立學校沒錯，但畢竟還是在埼玉，跟都內（註4）的升學學校相比的話只是不上不下的地位而已。附近有一大堆稻田，而且離開埼玉車站的話，看起來像鄉下的地方也很多。

我想起坐在我後面的，要說帥沒很帥但要說不帥好像也還好，不過確實比我帥的兩個同學之前曾經有過這樣的對話。

註4　指東京都。

「欸，你覺得小葵怎樣啊？」

「小葵是說日南葵嗎？」

「對對對。」

「覺得怎樣喔……我超喜歡她的啊。大家都一樣吧。她那樣已經可以算是偶像了吧。」

「是沒錯啦。」

「照理來說那算是異常吧。不管是讀書、運動，還是容貌，所有方面都很完美，根本就是天才的等級嘛。」

「真的是這樣。不管我們多麼努力，跟她比什麼領域都覺得不可能會贏啊。」

「明明是這樣，她卻跟大家關係都很好。就是這點很奇怪啊，因為如果有人問我跟哪個女生最要好，我會說日南葵耶。」

「……我也是，跟她最要好呢。」

「對吧，很奇怪喔。明明跟我們打好關係也沒什麼好處，卻也沒有什麼差別待遇。所以那不是做了計算的行動吧。」

「到底是怎樣啊，是不是該說她是人生的天才……」

「啊——還真的就是那種感覺呢。不是棒球天才或者發明天才之類的，而是人生天才。她是神啊。」

「想要感謝小葵她父母願意讓她進來我們學校呢。」

「真的。埼玉唯一贏過東京的點就是日南葵的存在啊。」

——跟這樣的日南葵都沒打好關係而且根本沒說過半次話的我到底是怎樣。當時這反而讓我覺得說不定我是某方面的天才。還有我也覺得不要老是東京來東京去，應該要先打倒神奈川才對。或者是千葉，千萬不能輸。

先不管這些，那個日南葵跟中村在一起。當然她不可能不知道我跟中村要對戰的資訊，也就因為這樣發生了小爆炸。

「啊！友崎同學！聽說你跟修二用 AttaFami 比了個高下？結果怎樣啊？」

「咦，啊，日南同學，那個，結果啊，咳噗。」

整個大舌頭了。不過並不是因為我是噁心阿宅而大舌頭，如果對方是日南葵的話，就算只是有點宅也會大舌頭吧。

「啊哈哈，什麼啊，咳噗是怎樣啦！」

被人笑卻不可思議地覺得沒有被當成傻子看。不知道是因為笑容所滲出的天真無邪，還是因為她的笑聲實在太悅耳，又或者是因為她優雅地按著嘴巴的舉止讓我這麼覺得。看見日南葵同學高興的樣子，我內心湧出來的感情也只有開心。這到底是怎麼回事？她的微笑蘊含著魔法。

「啊哈哈哈，啊——真開心。呃——剛剛是說什麼。啊，對了！是誰贏了啊？」

開心？她竟然說開心。我竟然可以讓日南葵同學開心，世上還有比這更美好的事情嗎？會讓我這麼想的，如同聖女一般的存在感。這到底是怎樣。

「那個……」

「嗯嗯。」

然而中村就近在咫尺，他看到我之後明顯地心情變差了。對戰的時候說了那麼多囂張的話，結果卻真的被打得慘兮兮，會這樣也沒辦法。

問題是，在這種一觸即發的狀態下，而且還是在學校的女主角面前說出「我贏了喔」的話會有怎樣的後果。中村應該想在日南葵面前有好印象，而且我的評價上升的話他應該會打從心底不爽。嗯，這下看來會很麻煩。

不過想在學校的女主角面前稍微秀一下自己帥氣之處的心情，要說有的話我也有。雖然我很彆扭但我也是個人類。可是就算展現有點帥氣的地方，之後也不會帶來任何成果，甚至有可能會被人覺得這阿宅也太強了吧又噁心又好笑之類的。因為人生是一款不平等的糞作。既然這樣，現在說我輸了是不是比較好呢。這樣的話是不是一切都能圓滿收尾了呢。不對，可是這樣反而會傷到中村的自尊……想得這麼深之後我突然發覺一件事。

等一下，這位完美超人日南葵為什麼要來問我？如果是因為關係好的話不管怎麼想都是問中村才自然吧。是因為顧慮到沒跟我說過什麼話所以找我聊嗎？不對，說起來以日南葵觀察周遭氣氛的技能來講，應該可以從學校最近的氣氛來察覺輸的

人是中村。在這種狀態下還對我講這個話題實在很莫名。既然這樣的話，現在到底是什麼狀況。

……不曉得。在我思考的時候，中村突然開口了。

「煩死了，葵，是我輸了啦。別理這種傢伙了，走囉。」

看來不高興到極點，像是在辱罵一樣。氣氛僵住了。喂喂，這樣子沒問題嗎？

「咦——！這樣子啊！友崎同學好厲害喔！修二，別在意！」

她說「別在意」的語調有點像是在笑對方卻也帶著愛意，讓氣氛和緩下來。

「……煩死了，笨——蛋！」

像是傻眼一般地笑著，中村對日南葵吐槽。

「欸——不過，能夠贏過什麼都很厲害的修二的話，友崎同學滿強的耶！好厲害……」

「不，其實也沒……」

「下次我們也來對戰一下吧！」

「我、我覺得還是不要比較好……」

「也對啦！抱歉，我說過頭了！」

日南葵就這樣子呵呵笑。不知道為什麼跟她很容易交談，這就是所謂的社交能力嗎？而且身旁的中村儘管清楚說出自己輸了，卻也露出像在守護孩子一般的淺淺微笑。這也是日南葵補救的成果嗎？如果是這樣的話那真的很厲害。

「啊，那我就，先、去學校餐廳了。」

「好喔！掰掰。下次要教我一點訣竅喔。」

「啊，好。」

「……次……贏。」

中村小聲地說了些什麼。

「咦？」

「沒什麼啦，掰了。」

怎、怎麼了？

「呃──掰、掰了。」

「掰掰！」

然後我背對著日南葵第二次的道別，邁步前往學生餐廳。

……勉、勉強成功了。我鬆了一口氣。

不過，原來是這樣。如果能那樣進行補救的話，就算提起那個話題，最後也有辦法維持在大家都興致高漲的程度嗎？這是只有現充能做出的選擇，不是我的腦袋可以推測出來的東西。

不過就算這樣，中村會自己明言「輸了」還是讓人意外。希望他不要因為這樣而悶著對我的恨意就好……我一邊這樣想著，一邊抵達學校餐廳。

如此這般的小爆炸，藉由日南葵壓倒性的社交能力溫柔地包覆了起來，然後遭到收縮並且消化掉了。我對於現充莫名的自信或者莫名高漲的心情都不擅長應付，但只有日南葵讓我不得不認同她很厲害。這讓我的價值觀稍微有所改變，在這個層面上算是一起小小的事件。

然後，接下來的星期六發生了一起大事件。

『我已經到了！』

『再兩分鐘左右我就會到』

『知道了！』

與 NO NAME 會面的日子。用之前他說『如果有事聯絡的話請發到這裡！』而傳過來的電郵地址來回傳訊。看來 NO NAME 已經先到了。還在隨著電車搖晃的我也只差一站，後來我也到了。

『我到了。』

『知道了！我在東口的便利商店前面』

『收到　麻煩告訴我你的服裝』

從東口出去後，就在正前方的便利商店前設有菸灰缸，幾個男人在那邊抽菸。是裡面的某個人嗎？

手機震動了起來。打開電郵。咦。

『上衣是白色跟藍色的襯衫，下面穿的是黑色的裙子！』

——女性。不、不過這也是、也是有可能啊。雖然自己不自覺地一直以為是男生，但就算是女性也並不會不自然。一邊這樣想著一邊到了便利商店旁邊，四處張望一下後看見一名注視著自動販賣機的女性。白色跟藍色的襯衫搭上黑色的裙子。就是這個人了。

她的背影有著長度及肩的清爽黑髮，皮膚則是白皙到讓人覺得有透明感，雖然看不到臉但應該挺年輕。光是背影就已經散發出可愛的氣場了。啊——該怎麼辦，就要搭話了卻覺得緊張。希望別突然發出高音就好。

「那、那個，不好意思，請問妳是 NO NAME 小姐嗎？」

順利地說出來了。受到呼喚而回過身來的黑髮清純少女，到底長相如何——咦。

「你好！我是 NO NAME……啊？」

「……咦…………日……」

「啊!?」

在我驚訝地大叫出聲之前，先大喊出來的是日南葵。日南葵!?這是怎麼回事？

「咦……日南……同學？」

「先等一下，讓我先冷靜一下……你應該是友崎同學，沒錯吧？同班的。」

「嗯，對，是這樣沒錯……」

果然不是長得很像的人，真的是日南葵。不過說起來，她在驚訝之前看起來就滿怪的。口氣也跟平常完全不一樣。該怎麼說呢，她沒有活潑的感覺而給人冷漠的印象。儘管如此，看起來也不像是刻意演出來的。

「你就是 nanashi 嗎？」

帶點壓迫感口吻的疑問句。我有點語無倫次地回答。

「對，我就是……」

「……！」

她的眉間突然皺了起來。這是怎樣。我認識的日南葵應該不是會露出這種可怕表情的女孩子才對。應該是更天真爛漫又惹人憐愛的……

「糟透了……」

「咦？」

「如果可以的話真不想相信。nanashi 的真面目竟然會是這種上不了檯面的傢伙。」

「日、日南同學？」

她剛才說了什麼？「這種上不了檯面的傢伙」？她的個性應該不會對人說這種話才對吧？這是怎樣？雙重人格？不，是因為我噁心過頭了？

「怎、怎麼了？日南同學，妳樣子有點不太對……像是口氣之類的。」

「！」

上身大幅度地後仰，看起來尷尬到不行的表情。因為臉部動態非常劇烈的關係所以很容易看出她的情感，不過平常應該是會給人更可愛的感覺才對。

「唉……一談到 AttaFami 就會忘我的毛病真的不改不行……」

「什麼？」

「不過都被看到這個地步，已經沒差了。」

「沒差……？」

「你說口氣跟模樣吧？已經沒差了，保持這樣沒問題。」

「不，說什麼沒問題……」

有問題吧。很大的問題。已經到了會覺得「妳是誰？」的程度了喔，說真的。

「……」

「……」

瞬間的沉默突然降臨。真尷尬。然而日南葵還是一臉凜然，也完全不打算說些什麼話來緩解這份尷尬。

「不、不過說起來，呃——NO NAME 竟然就是日南同學，該說，嚇了一大跳嗎……」

我就連想要稍微打破沉默的話也說得語無倫次，反而有一種穩定的感覺。

「是啊，我也很失望。像你這種一絲上進心都沒有，身為人生輸家還就此放棄，跟垃圾一樣的人類，竟然就是我曾經唯一尊敬的那個 nanashi。」

「……啥？」

我在心裡讓自己受傷之後，竟然還被外面世界的人給追擊。講得有夠傷人的。說我是跟垃圾一樣的人。雖然也有說尊敬之類的但卻是說成過去式。雖然我的注意力一直放在她跟在學校時候的落差有多大，不過都被說成這樣了，我可不能繼續沉默。

「等、等一下。呃，為什麼我一定得……被說成這樣才行啊？」

「我只是陳述事實而已。」

「事實，就算這樣……也、也有分成說了沒關係，跟說出來就不好的事啊。」

「什麼意思？」

「對一個不怎麼熟的人，說、說什麼上進心還有輸了還放棄？之類的……我是想說，我沒有被妳說教的理由，說妳很失禮……」

「要說別人失禮之前，你應該先改掉嘴裡含著東西說話的習慣吧？」

「我嘴裡什麼都沒有！」

我把嘴巴張大，說出來的話終於沒有大舌頭了。日南葵她沒什麼好臉色地看向我這裡。

「……不過，說得也是。說失禮的確是失禮，所以這方面我會道歉。對不起。我跟那款遊戲扯上關係就會比較衝動……不過，在知道失禮的前提下我還是要說。畢竟我之前唯一尊敬的人物，事實上是我最討厭的那種人。」

「所以那種話……」

「如果要說禮儀，你可沒資格說別人吧？你那算什麼穿著。」

啊？跟這沒有關聯吧。又沒有什麼服儀規定。

「什、什麼意思啊。衣服怎麼穿是個人自由吧。」

「……唉，就是在說你這種想法讓人討厭啦。」

「啊？」

又說這種話。明明剛剛才道歉的。

「跟人見面的時候，尤其是跟第一次見面的人，好歹要有最低標準的服儀吧？雖然這次剛好不是第一次見面，不過你是以初次見面的準備過來的吧？穿這種皺巴巴的襯衫是怎樣，有沒有好好燙一燙啊？牛仔褲的褲腳也破破爛爛的不是嗎？這件你穿多久了？沒打算買一件來換嗎？好久沒看到到現在還在穿高科技運動鞋（註5）的高中生了耶。沾滿了泥土而且鞋帶也破破爛爛，一看就知道是鞋帶沒綁就穿著走。頭髮也一樣，你那是睡覺壓出來的吧。有沒有好好整理頭髮？該不會連鏡子都沒有照吧？你這樣子就要跟沒見過面的人會面，難道不能說是『失禮』嗎？友崎同學？」

被指責之後我自己才發覺到這些事。雖然之前沒特別在意，不過說不定真的沒辦法說我的儀容整潔。這點我是知道了。但是，這傢伙是怎樣啊。為什麼我得被這

註5　High-tech sneakers，指各公司注入最新科技而製作出來的運動鞋。

種沒有多要好的傢伙，突然像機關槍一樣罵到這種地步才行？

「但、但是這個，跟妳一點關係都沒有吧，這是我的自由。」

「也是。如果你覺得這樣沒差的話也沒什麼大不了的吧。只不過，就你所說的『失禮』層面來看，你做的事跟我做的事是一樣的。我只是在說這點而已。」

「一樣？」

「哎，實際上我們也不是第一次見面，你也不需要道歉。如果真的是第一次見面的話應該需要道歉就是了。」

像是真的看到垃圾一樣，日南葵對我投以超越輕蔑，程度已經到了憎惡的眼神。

「……說是這麼說，不過把你說成這樣確實是我單方面的失禮。雖然我不覺得我有說錯，但既然都失禮了那我果然還是要再道一次歉。對不起。我不想談AttaFami的事也沒有扳回一城的念頭了。再見。」

這麼說著的日南葵調頭朝著車站的方向走去。我可以稍微看見她的表情。

——面對這麼失禮的女生，明明我應該也想趕快趕她走才對的，但我卻不自主地開了口。不知道是因為剛才被說成那樣而怒從中來，還是因為日南葵調頭回去的瞬間，我看到的表情與其說是憎惡，更像是失望呢。就連我自己都沒有辦法判斷。

「……給我等一下。妳一個人說了一堆有的沒的就想走嗎？」

日南葵停下了腳步，轉身回來。

「還有什麼事嗎？」

畢竟是突然開口把她叫住，老實說我什麼都沒想。太焦急了所以也沒辦法好好看懂日南葵的表情。看起來既像是憎惡又像是在期待些什麼。我的腦袋一片空白，只知道自己的指尖變得愈來愈冷。

「妳這人，雖然說我是人生的輸家……」

接下來要說什麼東西連我自己都不知道。心臟的聲音響到肺裡，讓腦袋搖來晃去。

「但是像妳這種一開始數值就很高的傢伙根本就不會瞭解我的心情啊。」

不知道日南葵是不是重複著我說的話，她的嘴巴微微地張著，但我已經聽不到她在說什麼。我連自己是用什麼口氣在說話也不太清楚。

「人生就是不平等啊。像我這樣子，長得醜，體格也不好，會因為想太多而沒辦法跨出一步，心理層面也很脆弱，做什麼都會被當傻子看，沒社交能力又沒有自信的人，不管怎樣都沒辦法贏過妳們那種強大的人類啦。」

對完全不熟的人說這種話，說不定還是第一次。

「但是這樣也沒關係吧。因為就是不平等啊，就算努力也沒辦法有成果，能有成果的話就會努力了啊。但是人生是沒有規則的，不會有成果，沒有正確答案，是糞作啊。那就沒辦法努力了，因為又沒有正確答案。真要說起來，我討厭像妳們那些現充那樣的人生。充斥一堆毫無來由的自信，老是聚在一起，看起來很開心的樣子。」

水孀一旦潰堤就沒有任何東西能夠阻擋了。

「就算有來由還是沒辦法讓自己有自信啦，跟別人聚在一起也是會覺得孤單而快樂不起來啦，這種生存方式早就深植我的身體了啦，而且我根本就不知道為什麼會這樣啊，這樣不行嗎？我有所自覺的時候就已經活成這樣了，我就是這樣的人啊。我覺得這樣沒差。過著雖然孤單但還是多少能開心的日子，這樣子沒差啦。」

我握緊了拳頭。

「……所以妳別把價值觀硬推到我身上！」

——熱氣突然被抽走的感覺。腦裡一片昏花的模糊感被吹散，冷靜回到了視野之中。漸漸地看清楚了日南葵的表情。

日南葵她面無表情，只是靜靜地盯向我這裡。

「……喪家犬的風涼話。」

然後日南葵只是輕聲地，用像在陳述事實一般的語調說出這句話。

「妳什麼意思啊。」

「我說你那些是喪家犬的風涼話。討厭像現充一樣的人生？明明你連現充的人生都沒經歷過？跟個傻瓜一樣。你怎麼知道你會討厭那種生活？如果是已經體會過現充的快樂，卻覺得不開心的話，那你說那些還有理由。不過，你應該沒有體會過吧？所以你說的那些只不過是酸葡萄心理、喪家犬的風涼話。」

……類似的道理我好像在哪裡聽過。而且，是離我非常近的人說過的。

「我啊，最討厭明明輸了卻不去努力，還把那種行為當成理所當然的人了。」

真的是很耳熟的道理。

不過啊，當時跟現在的情況可不一樣喔。

「我知道妳的意思。不過啊，才不是這樣。人生是沒有辦法變換角色的。」

「角色？」

「出生的那一瞬間，就已經有一定程度的註定了啊。就算是我，如果像妳一樣長得好看，是個讀書跟運動都厲害的強角的話，就能過得更好了。可是，就不是那樣啊。歪理也好，彆扭也罷，不只是那些跟美好人生沒什麼緣分的特質，就連會想太多而失去自信跟幹勁的能力值都一直被點高，我根本就無能為力啊！」

日南葵只是默默地，筆直注視著我的眼睛。

「都是角色差別造成的。所以我這樣子也沒關係吧。而且我啊，也是有一定程度的全心全意，過著還算快樂的生活啊。所以說！就別管我了……」

「……你說，是角色差別嗎？」

日南葵的眼瞳有一瞬間朝著斜下方，就在我注意她的這個舉動時。

「跟我過來。」

她突然抓住我的手臂。

「咦？」

我只是陷入困惑之中，有一半以上是被日南葵強拖著，帶往某個地方。

＊　＊　＊

然後我現在駝著背，整個人像縮小一般地跪坐，張望著找尋這股甘甜香氣的來源。沒看到芳香劑或者燒香一類的東西。不過這種令人心頭舒暢的甜美香味不可能沒有源頭的。看得見的東西有鋪著白色床單與淡黃色毛毯的床，床上放著粉紅色的枕頭以及看起來有生活感、蓬蓬的黑色睡衣，只擺著可愛的橘色筆與黑色檯燈的橢圓形黑色小桌，純白色的衣櫥與書櫃，看起來挺潮的黑色書桌，淡粉紅色的地毯，除此之外也只有以暖色系為基底，簡單又帶點可愛與清潔感的生活雜貨。她應該是沒有時間先用噴劑之類的東西才對。

既然這樣的話——是布嗎？

衣服跟床單、毛毯跟地毯，如果是滲入那些東西的香氣昇華成整間房間的香氣的話倒是能夠理解。不過要能實現那種效果，平時就需要仔細地打掃、清洗以及好好地整理才對。要是沒看見剛才那樣發生劇變的日南葵的話，原來如此，如果是完美女主角日南葵的話還能認為她會這麼費心，不過，我已經沒辦法那樣看待她了。

那女人是怎樣。自己說了一堆想說的，還讓我說了一堆不想說的話。基本上，突然把不太認識的同年男生硬拖進自己的房間是怎樣，耍粗魯也要有個限……我，現在就在日南葵的房間裡面！

雖然因為有點理解現況而無法直接面現實，但現在的狀況真的很嚴重。我還是第一次進女孩子的房間，也完全不知道這種時候我應該做什麼所以只能先端正地坐好，不過這樣應該也搞錯了滿多東西。而日南葵她本人只留下「你說是角色的差別吧？」這種神祕的句子而離開了幾分鐘都沒回來，再這樣下去我會因為精神上窒息而死。

東想西想一堆有的沒的想要壓抑住自己的心緒，但我已經到了極限。麻煩來人賜予我安寧啊。噔噔噔。走上樓梯的聲音。啊，說起來這個房間好像在二樓吧。我慌亂到連這種事都忘記了。是日南葵回來了吧。喀嚓。房間的門被打開了。

「……呃──打擾了。」

沒看過的女性走了進來，所以我打了招呼，像這樣的社交能力，或者該說是禮儀，我還是有的。她跟日南葵相比說實在不怎麼漂亮，不過要說長相有日南葵影子的話倒是有。想必是日南葵的妹妹之類的吧。我猜她應該在想那個完美美少女帶這種不起眼的男人進房間到底是發生了什麼事吧。我知道妳有這麼想所以麻煩妳別說出來。

「覺得怎樣？」

「嗯？」

「這樣子，應該也有中上吧？」

「呃——請問是指什麼？」

「……你真的完全沒有跟女性相處的經驗呢。」

「什……？」

為什麼一定要被沒見過的女性突然說成這樣才行啊。日南家的人是流著會突然對噁心阿宅說失禮話的血脈嗎？

「我素顏唷。」

「咦？」

「我是日南葵。妝已經卸掉了。你到底遲鈍到什麼地步啊？」

「…………咦——!?」

五官確實是有她的影子沒錯，不過就算這樣，變化會這麼大嗎？她之前給人的印象也不是化濃妝，形象明明還挺自然的啊。這到底怎麼回事。

「你之前，說是角色的差別吧？」

「……？是有說沒錯。」

「這樣子你懂了嗎？」

「……懂什麼啊？」

「遲鈍到這種地步就是罪過了喔？當然是說外觀這種能力值只要努力就可以隨意加強啊。」

「啊啊。」原來如此，是這個意思啊……

嗯，她想說的事我大概懂了。

但是不管怎樣，我都沒有被她這樣說教的理由。

「就算你是弱角，之後也可以成長。外表的初期能力值沒辦法拿來當放棄人生的藉口。」

唉，妳這樣說啊，還是不對。

「……是怎樣？妳就是為了教我那種老套的道理才把我帶到這裡來嗎？」

「對，簡單地說就是這樣。」

「多管閒事。我早說過了，妳跟我的情形不一樣。首先，我是男生所以沒辦法化妝，而且在那之前，初期狀態就不同了。歸根究柢的話，我從臉的樣子就已經完蛋了。這種東西最好是之後能補救。所謂的弱角就是這麼一回事……唉，我回去了。」

我這麼說著，拿起包包站起來。或許是因為剛才把想說的事都發洩完的關係吧，現在沒有像一開始那麼緊張了。

「你真的什麼都沒理解呢。」

「……還想說什麼嗎？」

「你知道人類外表之中最重要的要素是什麼嗎？隨便提三個看看。」

「我不是說要走了嗎。還得陪妳玩這個才行？」

「你就是這樣不只逃避人生，連在這麼渺小的戰場上也會逃跑嗎？真的是一隻喪家犬。」

竟然又這麼溜地說出激怒人的話啊。

「知道了，妳很煩耶，既然都說成這樣了那我就順著妳的挑釁。人類外表最重要的要素？就是臉本來的樣子，還有啥？大概就身高跟體重之類的吧。」

「完全不對。」

整個否定。

「不然是什麼啦。」

「表情、體格，還有姿勢。」

要說體格的話，我剛才也算是有提到了吧。

「……不對，臉的樣子呢？」

「那根本就沒什麼大不了的。」

「不，怎麼可能……」

說到外觀，本來長怎樣不是很重要嗎？妳是在說謊吧。證據就是我的人生。

「那你能不能看一下這個呢？」

這麼說著的日南用雙手把臉遮住。

她就這樣挺直身體，然後像是在跟小嬰兒玩躲貓貓一樣地突然把兩手打開。咦。

「覺得怎樣？」

「……是要我覺得哪裡怎樣……」

她打開兩手之後，我看到的是比臉遮起來之前還要多了五、六成親切感，還滿美的一名女性。給人的印象就像是平常的日南葵直接卸妝的感覺。不對，剛才應該也是這樣啊。

「你懂了沒？重點是表情。」

「不……這已經不是單純表情的等級了吧。」

「那你要怎麼說明我這情況啊？用魔術換了一張臉？還是要說我瞬間整形？」

這麼說著的日南這次沒有用手遮臉，直接把臉放鬆，變回剛才那張自稱有中上程度的臉蛋。然後她又開始慢慢地變成透出親切感的美人。她重複了好幾次這樣的流程。

「哦……」

感覺就像是看著很厲害的表演一樣。說真的這有夠厲害。

「能做到這種程度是因為我有特別努力喔。」她一邊這麼說一邊來回變換表情。

「另外，我變的不只是表情，連姿勢都有變動，你有發覺嗎？」

「咦？」

被她這麼一說，我仔細看才察覺她臉放鬆的同時會駝背，變成散發親切感的美女的時候則會挺直背脊。

「姿勢也會改變臉給人的印象喔。表情與姿勢，只要把這兩者做到完美，就能擺出非常『像是現充一般的樣貌』了。不過，我也是因為底子本來就好，所以才可以讓自己變得這麼美就是了。」

「是啊，看來您的確是很有自信。」

「沒錯，就像你說的。所謂的自信也很重要呢。」

「我說的才不是那個意思……所以？妳剛才做那些是怎樣。」

「你還不知道嗎？」

……並不是不知道。照這樣下來，讓我看了這些東西，那也就代表一件事。

「妳大概是想說，醜男也可以變成長相普通以上的男生，沒錯吧。」

「還挺敏銳的嘛。」

「所以，那又怎樣？妳想說要我也好好努力之類的嗎？剛才不是說了，多管閒——」

「不是那樣的。」

「那是怎樣啦？」

我這麼說之後，日南她對我的眼瞳，不對，她像是在窺視比眼瞳更裡面又再裡面的腦袋一般，投以筆直又深邃的視線，同時說出了這句話。

「我是說，正因為如此，像現在的你這種人的內心是世界第一醜陋的。」

「什……」

突然說這個是怎樣。

「我是指，『現在的』你這種人。」

「現、現在的……？就算妳說得話中有話來唬攏我又怎樣。」

「接下來我講的就是自我滿足的說教了。你左耳進右耳出也沒關係。我是打算對你下達命令，不過最後下決定的還是你自己。全都無視也沒關係。你就以這點為前提好好聽著吧。」

日南葵打斷了我的話，像是要改變氣氛一般地說了這些。從她的語氣與視線中感受不到任何一絲敷衍我的意思。就連沒有社交能力的我也察覺到，現在日南認真嚴肅的程度已經達到最頂點了。

「……嗯，好。」

我被她那不會讓人覺得與我同年，不畏任何事物的沉靜魄力壓倒而這麼說。

確認我說出的肯定話語後，日南的臉不是剛才那放鬆的表情，也不是讓人覺得親切的美人臉，而是以帶點憂愁、散發人性的表情，開始說起話來。

「……你之前有這麼說過吧。說你自己沒有社交能力也沒有自信，跟你比起來我的初期能力值都很高。不過，並不是那樣的。我其實只是個普通人，不對，是過著普通人以下的生活……至少到小學都還是那樣。就是因為這樣，我就直說了，你所說的社交能力跟自信那些，全部都是努力之後就能隨意增強的東西。而我從國中一年級的時候就開始證明了。」

那是讓我的內心都覺得她的話語有所根據的強烈口氣。

「……你也說過沒道理又不平等。但是，不是那樣的。所謂人生這款遊戲，是由幾種簡單的規則所驅動的。只是因為那些規則複雜地交錯，而你沒有掌握好罷了。」

也不管我相信還是不相信，感覺她說的內容直接進入了我的腦袋。

「我之前一直很尊敬 nanashi。我在各個層面都是只靠努力贏過來的。所以，關於努力的方式，或者持續下去的做法，我都有不會輸給任何人的自信，也有能夠靠那些做法成功的自信。但是玩 AttaFami 的時候，不管怎樣我都追不上 nanashi。」

她做著最低限度的肢體動作，持續編織她的話語。

「所以，我一直認為 nanashi 是個比我更能努力的人，因為之前一直那麼認為所以才尊敬他。不過，揭曉真相之後就是這副德行。在人生裡頭的 nanashi，何止是輸家，連好好戰鬥都不肯，而且是只會拿天生的素質當藉口一直逃避的無聊人類。不，還不止這樣，竟然連沒體驗過的快樂都硬說成無聊的東西，把自己的所作所為當成理所當然，真的是醜陋的喪家犬。」

雖然都被說成這樣了，卻不可思議地沒有湧起怒意。與其說是因為被這傢伙全心全意的魄力所壓倒——倒不如說，是因為我現在在這傢伙身上感受到了跟我有點像的部分，我有這種感覺。

「我是很厲害的人。你也這麼覺得吧？應該會覺得日本怎麼會有這麼厲害的十六歲吧。不過，這樣的我在一個領域之中一直輸給你，而且還是在沒有男女利弊之分的領域中，輸給同年的——所以我才要這樣說。贏過這樣的我的你，我以前一直尊敬著的nanashi，在人生這款遊戲裡頭竟然糟成這副德行，讓我打從心底不爽。不能原諒！糟透了！贏過我的人這麼無趣的話，不就連我都很無趣了嗎！」

而且被說成這樣還不會覺得她傲慢，應該是因為從言語之外能感受到她所背負的，滲血一般的沉痛努力吧。

「一款好遊戲無論何時都是簡單明瞭的。這是我一貫的看法。然後，人生這款遊戲看起來像是沒有規則，其實是只用簡單規則所組合而成的美麗構造。雖然你說是糞作不過那太扯了，人生啊，是沒有任何事物能超越的神作才對。你只是不瞭解這點罷了……你明明就是nanashi，一直輸給這麼美好的遊戲沒關係嗎？責怪這款遊戲而一直逃跑也沒差嗎？一直當個喪家犬說風涼話也不在意嗎……？友崎同學，我要對你說出一個提案，不對，是下達命令。」

我還是第一次看到枝葉的部分完全不一樣，但是根基的思考方式竟然像我像成這樣的人。

就因為這樣。

「我會一條一條好好教你這款遊戲的規則，所以——」

就算到了會討厭自己的程度，我還是會接受這傢伙的話語。

「面對『人生』這場『遊戲』，你要好好認真起來！」

這就是在星期六所發生的一起大事件。

＊＊＊

「嗯，妳想說的事我懂了。」

被別人完全不顧形象地用真心話說教說成這樣，說不定還是第一次。

「這樣就好。」

日南葵還是保持著像在反映她內心深處的表情。

「不過也有不懂的地方。」

所以我這邊也不能隨隨便便回應她，無論是肯定還是否定都一樣。

「我認為名為人生的這款遊戲是一款糞作。要問根據的話我可以舉出一大堆，而且我抱持著非常大的確信。」

強角占盡好處，弱角只會被壓搾。這不是簡單又美好的規則。是糞作。

「嗯。」

「所以，妳這人說的，什麼人生是神作，什麼藉口，什麼喪家犬的風涼話之類的，我沒辦法感同身受。」

「這樣啊。」

「不過……」

「不過？」

我想到中村自己輸了還把輸的原因怪在遊戲上頭的事。

「不去努力，把輸掉的原因怪在遊戲上頭來瞞混過去，是世界第一醜陋的行為，這點我也同意。我也一樣最討厭那種行為。」

我這麼說了之後，日南葵便嘴角上揚顯露出微笑。

「哦，真不愧是 nanashi 呢。」

「……不過有些時候真的就是遊戲的問題。能用技巧多少抵銷角色差異的遊戲也很多，但也存在著角色差異完全無法扭轉的遊戲。」

「你是想說人生就是那種『角色差異完全無法扭轉的遊戲』吧？」

「沒錯，所以說人生就是糞作啊。」

「對你來說是這樣吧。」

「或許吧。不過我確實是不知道從妳的角度所看到的對人生的觀點。」

「當然是這樣。」

「對，當然的，理所當然是這樣。人是沒有辦法理解其他人的觀點的。如果是遊戲的話還可以試著操縱強角看看，不過在人生中沒辦法嘗試其他人的觀點。所以，我只能相信我的觀點而已。」

「嗯。」

「所以就算其他人說『人生是神作遊戲』，我也會判斷只是因為說的人是強角所以才會說出那種話。我不會因為其他人說人生是神作而有所動搖。」

我筆直地看著日南葵的眼睛。

「這就是我的思考方式。」

日南葵的表情這次終於清楚地浮現出失望。

「……這樣啊。那也沒關係。最後的決定權畢竟還是在你——」

「不過。」

我打斷她的話。

「……不過我開始覺得，就只有這次，或許稍微多聽一點妳的話也沒關係。」

我又一次用力地看著日南的眼睛。唔唔。是個美女啊。

「為什麼會這麼想？」

「那是……」我稍微想了一下。「是因為妳說的話，該怎麼說呢，跟我有夠像的關係。雖然妳明明就是這種現充，明明就這麼美。但如果是跟我很像的人所說的話，應該可以稍微當作參考吧，這是其中一點。」

「哦。」

「不過，最重要的理由並不是這個。」

「……那是什麼。」

日南葵對我投以混合著興趣與訝異的眼神。

「因為對我說這些話的人，是整個日本中我唯一認同的玩家『NO NAME』啊。」

說著這些話，我把更多的氣力注入眼光之中。

「…………」

「…………」

「……好遜。」

咦？難道不是「說得很好！」嗎。

「……等一下，為什麼說我很遜啊。」

「最後的最後還刻意裝帥所以我才說你遜啊。」

「我可是拚命擠出勇氣才說了那些啊，妳也察覺一下吧。」

「誰知道啊。結果你也沒說什麼重要的事啊。」

「稍微尊重一下有社交障礙的人的努力吧，我可是受到稱讚就會有進步的那種人。」

「你做了什麼值得讓人稱讚的事嗎？反而讓我很失望呢。想不到鼎鼎大名的nanashi竟然這麼容易就改變了自己的意見。」

「啥？哪裡容易了啊。而且我不是改變意見，只是覺得妳說的話可以稍微多聽一點罷了。」

「那跟改變意見有什麼不一樣？就我看來是一樣的喔？」

「不一樣啦。我是信賴著玩家，而且妳是全日本第二名。也就是說是這個世界上僅次於我，我第二信賴的人對我說了『還有你不知道的事情』。既然這樣的話，總之我會聽妳說說看，就只是這樣。」

「這不就代表你改變意見了嗎？」

「就說不一樣了。總之是先聽妳多講一點內容，然後確定自己能不能接受而已。我並沒有認同妳的說法，要是不能接受的話根本就不會認同啦。」

「不過你還是會聽我說吧。」

「這是當然的啊。我可是nanashi耶。跟妳打過一次遊戲之後再怎樣都會知道妳有經過滲血般的沉痛努力。所以我才會判斷妳說的話有聽一聽的價值啊。」

「……哦……那就沒差了。」

這樣就沒差喔。

互相交談到這種地步，能跟同學毫不中斷地對話的自己真厲害……雖然我這麼想，不過在我心裡，這傢伙與其說是日南葵倒還不如說是NO NAME，所以我果然還是不怎麼厲害吧。

「那妳就教教我吧。告訴我這款遊戲的規則。」

告訴我『人生』到底是不是值得配上神作這種稱呼的東西。

「唉。友崎同學，你真的是什麼都不懂耶。剛才不是說了，規則很複雜地交錯在一起。那當然沒辦法簡單地教你啊。」

「沒辦法教？是怎樣啦，跟妳說的不一樣嘛。」

「……那我問你，如果你買了一片新的遊戲，想要讓玩那片遊戲的技巧變好的話，會把說明書看完嗎？」

「突然問這幹麼？」

「先別管啦。會不會看完？」

「……不會，雖然說明書看是會看，但要讓技巧變好還是得實際玩玩看。不實際去碰的話就不知道那片遊戲的本質了啊。」

「對吧？道理是一樣的。」

「一樣？」

「單純把說明書看透也沒辦法讓遊戲技巧提高。這跟人生是一模一樣的。」

「跟人生一樣？」我瞬間開始思考，不過在想到答案之前，日南就說了出來。

「玩遊戲的時候，一般不會看了說明書再玩吧？」我點頭。「道理是一樣的。不實際去玩就沒辦法上手喔。」

……不對，這樣很奇怪吧。因為我也是有去玩玩看的啊。

「先等一下，我可是有實際體會人生而且跌得很慘才變成這副德行的喔？」

「說得沒錯。那麼，在遊戲裡面跌了一跤的話，你會怎麼做？」

「咦，在遊戲裡？這個嘛，雖然要看遊戲類型……大概也就是提升等級、練習，或者看攻略網站之類的吧……」

「說得很好。這是正確答案。」

「啥？」

「人生也是一樣，只要提升等級、多做練習，或者看攻略網站就可以了。這就是『人生』這款遊戲的根基喔。」

這麼說著的日南露出像是不懷好意的微笑。

「……先等一下，不，妳想說的意思我瞭解。提升等級，指的就是要我努力對吧？嗯，的確也只能那麼做而已吧。」

「沒錯。」

「可是，要努力也沒辦法跟其他的遊戲一樣順利啊。所謂人生這款遊戲，就算努力也不會有成果。初期狀態就已經決定了極限，想扭轉也沒辦法。那就是糞作的構造，人生就是那種東西。不過，妳應該是不懂的吧……因為妳是強角。」

「你真的有瞭解嗎？」

「瞭解啥啊？」

「提升等級就是磨練自己，是從外觀與內在提高自己擁有的基礎能力的作業。練習則是加強處世所用的技術，也就是磨練具體且實用的技能。光是這兩點，就可以把人生這款遊戲的關卡通過一半以上囉。」

「……不，就說了我聽得懂妳想說的嘛。不過啊，沒那麼簡單的。像我這樣的弱角，不管怎樣提高等級，不管怎麼練習都沒辦法處理的問題多得不得了啊。」

「對。先不管你從以前到現在有沒有真的去做，的確是也有你說的那種狀況。」

「不是吧，所以也有我說的狀況喔。那不就還是沒辦法嗎？」

「不過那種怎麼做都沒辦法處理的問題，就是碰到『困難的關卡』的時候啊，也是有解決的辦法的。剛才說過了吧？除了提升等級、練習之外……還有一種方式。」

也就是說……

「那就是——」

「對，就是看攻略網站。」

「……那麼攻略網站又是指什麼？自我啟發的書或者教人怎麼做事的書之類的嗎？妳是想說看一看那種書然後照做就有辦法處理了嗎？」

「哎呀。」日南好像覺得滿好笑的而笑著說。「嗯，要那樣做也是可以。不過更確實的，只要跟著做就一定沒問題的攻略網站，在這個世界上就有一個喔。」

「妳在說什麼啊？那麼方便的東西，怎麼可能會有。」

「就是有那種東西。據我所知，那東西在世界上只有一個而已喔。」

「……所以到底是什麼啊？那種東西到底哪裡有？」

面對我的詢問，日南說了「那就在」之後，用食指輕輕地點了她自己的頭兩下。

「這裡啊。」

像是在開玩笑一般而滿溢自信的表情。感覺好像會聽到她說「這是當然的吧？」這樣的話。

「……妳這人，該怎麼說，能對自己有自信到這種程度真厲害啊？」

我忍不住哈哈地笑了出來。她能大言不慚到這種地步反而讓我覺得渾身舒暢。

「這是當然的吧？我啊，一直到現在都是讓許多的必然層層累積而攻略這款遊戲的。所以啊，能夠導向結果的原因，全部都深植在我的頭腦裡頭。」

她所說的話我好像聽得懂又好像沒聽懂。

「能導向結果的原因，是嗎……那就是妳所說的人生的規則嗎？」

「對，沒錯。」

「嗯……」

我所知道的人生規則是『強角占盡好處，弱角會被壓榨』。彆扭的人或者膽小的人會讓別人覺得不舒服，而傷害他人的人看起來會比較強大，就是因為只有這種腐敗的規則所以『人生』才是糞作。然而這傢伙卻理直氣壯地地說『人生』有著不是那樣，而且還足以稱作神作的規則存在。

她確實有做出成果，也有說服力。根本的思考方式跟我相近，也能讓我接受。所以，我能認同這傢伙所說的話——也就是要認真去面對『人生』這款『遊戲』。她能讓我覺得就算這麼做也沒關係。

但是不對，不一樣。這傢伙不一樣。或許我跟這傢伙沒辦法互相理解吧。

因為，對了，結果這種傢伙還是那樣。我像是在試探她一般把問題丟給她。

「……欸，妳說人生是神作遊戲吧？那我問妳，那是神到什麼地步啊？」

對，在捧高『人生』這款遊戲的人與我之間，在這方面有著很大的斷層。

「到什麼地步……？要說的話，據我所知……」

她抬起臉，稍微想了一下。

「應該是，遠遠勝過其他遊戲的第一名吧。」

看吧，就知道會這樣說。

就是這樣。會說『人生是神作』又捧得高高的人，結果都把其他遊戲全部都放到很低的地位。為了方便才把『人生』比喻成『遊戲』給人看，事實上只把『人生』視為是特別的。也就是說，她是把自己降級成喜歡遊戲的人，用高高在上的視點來說這些話。從一開始就把其他遊戲當成比『人生』還要無趣的東西瞧不起、貶低之後，才把人生比喻成遊戲。

這傢伙果然也是這樣。我失望而無言地拿起包包，準備站起身子。

就在這個時候。

「嗯……果然是這樣，人生是遠勝其他遊戲，並列第一的呢，跟 AttaFami 並列。」

日南葵她出其不意，自然地以跳脫他人期待的純真音色，說出了這句話。

「咦？」

「嗯，雖然困惑了一下，不過果然還是沒辦法決定哪個比較好。老實說這時講人生比較好的話應該也可以……雖然遺憾，但還是只能並列第一吧。」

——這真的讓我目瞪口呆了。並列第一？人生跟 AttaFami 同名？

這傢伙剛才真的這麼說了？明明是出類拔萃的現充日南葵？

「失望了嗎？說起來，你確實是把 AttaFami 玩透的人。那麼，同樣有趣的遊戲說不定就沒有多玩一款的價值了呢。」

「……妳這人啊。」

我根本就沒有失望。剛才我已經不自覺地——

「對喔，你已經把名列第一的遊戲玩到頂尖了……這樣子我不就得提供頂尖以上的價值給你才行……啊，這樣不對。一談到 AttaFami 就會失控的毛病真的不改不行……」

日南小聲且快速地說完這些話，然後又一次面向我這邊。

「也罷，畢竟我也說過，最後決定要怎麼做的人是你，不管你怎麼做我都沒關係。這種時候就算撒謊取得你的信賴也不太對，真是沒辦法呢。」

不對、不對。我從剛才就不自覺地——感動到現在了啊。

「我……」

想把心中所想化為言語但還是放棄了。從以前到現在，我在別人都不知道的情形下，只憑著自己想試試看這種理由，而持續練習玩 AttaFami。我想要變得強大。這樣做對我自己來說是一種滿足，也很幸福。這樣就好了。這樣很快樂。但是，我也有自覺，做這種事是不會被周遭的任何人所認同的。頂多就是在網路上被人說很厲害而已，現實中沒有喜歡玩遊戲的朋友，父母也沒有稱讚我這種行為，而且也不可能因為這樣在班上受歡迎。我運動也不拿手，當然也沒有女朋友。在這樣的生活中，我一直把時間花在 AttaFami 上頭，並且做出成果。這全部都是為了我自己。我真的覺得這樣就好了。就算不被任何人認同也好，以前我是這麼想的。

不過剛才這傢伙，是我所知道的最強現充的這個傢伙，卻說『人生與 AttaFami 是同樣有趣的遊戲』。也就是『AttaFami 與人生有同等的價值』。她把含有這層意思的話，像是理所當然一般地說了出來。

——比起誰都還要瞭解『人生』的這傢伙，說了這樣的話。

會對這件事感動確實很矛盾。我一直覺得『人生』這種東西很無聊，是糞作。所以，我應該會說別把那種糞作說成跟 AttaFami 價值一樣、AttaFami 才比較有趣、AttaFami 可是神作之類的話來反駁她，這樣才有道理。

但是，對於在世界上普遍最被認同的『人生』這款遊戲，面對我所認識的人之中，把『人生』玩出出類拔萃的成果，而且說『人生』跟 AttaFami 有同等價值的這傢伙——我沒辦法有那種想法。

覺得就算不被任何人認同也沒關係的努力。然後就如同心中所想，真的沒有被任何人認同的努力。也就是由我自己付出，只為了我自己的努力。我一直不會因此覺得不滿，說不定也一直覺得千萬不能被別人認同也說不定。然而，現在卻——

莫名地，被人大大地肯定了一番。

「你那表情，是怎樣啦？」

「……我啊……」她好像還沒辦法領會我的心情，而我邊低著頭邊繼續說。「我覺得，只要是有規則的事物全部都是遊戲。只要是有規則，又有能以規則為根基而達到成果的東西，全部都是。」

日南葵保持著沉默，等待我接下來要說的話。

「如果『人生』也有規則的話，那連『人生』都是遊戲。然後，如果它的規則既單純又美妙且深奧的話就是神作，不是那樣的話就是糞作……妳也是這麼想的吧？」

「對，就跟你說的一模一樣。因為有規則，所以『人生』無庸置疑地是一款遊戲。而且……它的規則既單純又美妙且深奧，所以說，『人生』真的是神作。」

「……這樣啊。我懂了。」我抬起頭來。「……既然這樣的話。」

「既然這樣的話？」

然後筆直地看著日南。

「玩家的血正沸騰著啊。」

日南的表情轉變為驚訝的神色。雖然我不知道自己現在的表情是什麼樣子，但日南應該是看到我的表情所以才露出看起來滿驚訝的表情吧。

「雖然這不代表我完全相信妳所說的話，」

我的話語對著就在我眼前的玩家。

「眼前有一款遊戲。那款遊戲的難易度雖然高，世界上的所有人卻全體參加而讓遊玩人數非常多。雖然我只玩了一點點就判斷那是一款糞作，不過從可以信賴的消息看來，實際上那似乎是一款神作。而且我眼前就有那款遊戲的高手，還說會教我高效率的攻略方法，那麼……」

我無視看起來整個愣住的日南，繼續把話說下去。

「沒有理由不把那東西**當成一款遊戲來玩**。」

說完之後看向日南，就發現剛才頂著一張呆愣表情的日南已經消失在眼前，取而代之的是浮現出蘊含熱血笑容的 NO NAME 身影。

「……不愧是 nanashi 呢。」

「也還好吧。」

「你已經完全相信我了嗎？」

「怎麼會呢。在我親手玩過並且確認是一款神作之前，才不會相信妳咧。」

沒錯，這不代表我相信了。

然而這傢伙跟我一樣，用的是玩家特有的思考方式，好好地把其他遊戲跟人生放在同一個平面上比較，而且還說人生是神作──說是跟 AttaFami 同個等級的，神作遊戲。

那麼，我覺得不管怎樣就先試玩一下也無妨。

「不過，遊戲的性質就是那樣。沒有玩透之前沒辦法去判斷是神作還是怎樣。如果要玩的話，沒有從一開始就全心全力去玩也沒意義。畢竟我可不想找藉口。」

「正是如此呢。」

日南一邊笑著一邊點頭。

「所以，為了成為現充、為了攻略『人生』這款遊戲而去玩玩看之類的？那類的事情我打算好好試一試。不過，我可不會放水。這樣可以了吧？」

日南回說「那是當然」，然後又點了一次頭。

「那麼，我應該怎麼做才對？」

「哎呀，氣勢真旺呢。」

不知為何看起來挺開心的日南就這樣站起來，在書桌的抽屜裡頭找著什麼東西。

「妳在做什麼？」

「人生是一款自由度非常高的遊戲喔。」

「嗯？對啦，說是這樣說沒錯。」

「玩自由度很高的遊戲時，一開始要做的事是什麼？」

「呃——？」

自由度很高的遊戲啊。有搶奪車子然後去殺一般人的遊戲，或者可以全裸在街上閒晃，也能去偷商店裡東西的遊戲之類的。

要說到那些遊戲的共通點的話就是……

「嗯，應該是要先創造角色吧。」

「鬼正。」

她一臉認真地用手指指著我，說出這樣的話。

「咦？什麼？鬼？正？」

「所以你一開始要做的事，也一樣是先創造角色。」

「不，妳剛才說什麼啊？」

「……你指什麼？是你聽錯了吧？」

她別開眼神，冷淡地回了這句話。剛才到底是說啥啊。感覺好像在哪裡聽過。而且說別人聽錯是怎樣啦，喂。就算我這樣說，她還是無視我……看來只能繼續把話接下去了。

「……呃——剛才是說到創造角色對吧？」

「對。」

日南的表情轉為平靜。剛才說的東西真的當沒說過了。真搞不懂她。算了，沒差吧。

「可是，我這個角色已經像這樣完成了喔……？雖然是一個很醜的角色啦。哈哈哈。」

「你想得太簡單了。要用這個喔。」

連我這千錘百鍊的笑話都無視的日南，從抽屜中拿出了某個白色的東西。

這是……不對，給我等等。

「……喂。妳該不會是要我一直戴著這個遮起來吧。」

「怎麼可能要你那樣。這個東西啊，有著更有意義的使用方式喔。」

這麼說著的日南右手所拿的是，對抗花粉症用的大型口罩。

＊　＊　＊

「……回來了……」

也沒特別要對誰說，但已經養成到了家裡至少要說一下的習慣。我以這樣的音量說出回到家裡的寒暄。才剛走進回自己房間時一定得經過的客廳時，發覺我的樣子跟以往不同的母親向我搭話。

「文也你那樣是感冒了嗎？」

「嗯，呃，對。」

雖然不是，但也沒辦法解釋是怎麼一回事，所以就隨便地回以肯定。

「口罩這種東西家裡明明就有。那個是你自己特地去買的嗎？」

「嗯，啊，不是，是我說有感冒之後朋友給我的。」

「哎呀，這樣啊。咦……」

表情看來像是吃驚也像是佩服。就算她沒說出口，我也十分理解她想說我竟然也會有感冒時還免費給我口罩戴的朋友。這就是所謂親子的羈絆啊。

「總之，歡迎回來。差不多要吃飯了，你先去——」

「我知道啦。」

每次回到家她都會這麼說。要我先去洗澡。我打算回句「是是是」把對話打斷而走向浴室。

「啊，不過現在……」

「是、是咿！」

把門打開。

看到更衣間內只穿著內衣褲的妹妹而感到困惑的我，想要回的話卻變成了奇怪的反應。

「……哥哥真的有夠噁心的耶。」

妹妹毫不在意這樣的我，也沒有特別驚訝的舉止，只是平靜地把運動衫上衣穿起來。是黑色又蓬蓬的，尺寸有點大的那種運動衫。跟她那不怎麼大的胸部並不相襯、黑色又典雅的胸罩，就這樣被運動衫給覆蓋。

「你說謊吧。」

「啊？」

她以內衣褲外只套著一件運動衫的狀態面向我這邊，突然說出讓我摸不著頭緒的話。等等，下面是不打算穿喔。

「那個。」

她指著臉的下半部。

「口罩？」

「你剛剛說是朋友給的。」

「對。」

是這麼一回事啊。

「哥哥根本沒有會給你這種東西的朋友嘛。」

「妳啊……」

妹妹在同一所學校就讀而且低一個學年的話就會發生這種麻煩事。

「別說容易被拆穿的謊言比較好喔？」

這傢伙雖然是一年級，卻一整個不像我的親人，容貌好到不行、性格也非常開朗，所以她的學長姊，也就是跟我同年的學生也有很多人認識她，她多少也有聽說我的資訊。不過說起來，就算這樣好了，為什麼我一定要被妹妹傳授說謊要怎麼說才行啊。

「我認識的人之中也有會做到這種程度的啊。」

事實上也是從別人那裡拿來的，所以我沒說謊。

「那是誰啊？給你口罩的人。」

「為什麼我一定要說出來啊。」

「看吧，說不出口。果然在說謊。」

唉，麻煩死了。

「日南葵。」

「……」妹妹默默地盯著我的臉。我可沒說謊喔。妳沒轍了吧。「唉……」

不知道為什麼她嘆了一口氣。

「怎樣啦。」

「我說啊？那樣子不能稱為朋友。」口氣聽起來傻眼到不行。「日南學姊會給你口罩，是因為日南學姊是一位天使。懂不懂？她是平等地對所有人溫柔。你還以為她是你朋友……真的要說的話，頂多也只能說是同學而已吧。」

妹妹用像是在演戲一般的憐憫口氣，對我講話就像在對小孩說教。不對啊，我根本就沒有覺得她是我朋友。就算要說是朋友也只是把她當成戰友。而且她根本就不是什麼天使。用女武神來形容的話還能理解。

「哥哥，你可不要搞不清楚狀況而喜歡上學姊喔？會丟臉的可是我耶？」

要說的話，好歹也該說成是妳也會丟臉才對吧。真是有夠自我中心的思考方式。

「誰會喜歡上那個粗魯的女人啊。」

「……咦？什麼？」

「什麼都沒說。」

「啊——真是的！平常就已經口齒不清了，戴口罩之後就更聽不清楚了啦！」

妹妹一邊這麼說一邊強勢地扯下我的口罩。啊。

「……真的搞不懂你這人。噁心。」

這麼說著的她看起來心情很糟，從我的身旁走了過去……不，這也是沒辦法的。

「這樣子真的……讓人搞不懂什麼意思啊。」

只剩下我一人的更衣間的鏡子所照出來的，是莫名地把嘴角上揚到極限而浮現出笑容的噁心男人的模樣。

＊　＊　＊

我以困惑的眼神看著日南手上拿的口罩。

「除了把臉遮住一部分之外，那還能拿來幹麼……而且啊。」

比起口罩更讓我困惑的是，四周的這片景象。

「……為什麼要換地方啊？」

從桌子抽屜拿出口罩的日南，發動了第二次的「跟我過來」，拉起我的手臂，把我帶到她家附近的義大利麵餐館。

「要遮是要遮沒錯。不過，重要的是遮起來的時候要做什麼喔。」

遮起來的時候要做什麼……？不對啦。

「等一下等一下，所以為什麼突然要來義大利麵餐館啦？」

「你看，上菜了。」

然後日南無視困惑的我所問的問題，店員把菜送上來了。

「兩位久等了。這是香菇和風義大利麵，以及三種起司培根蛋義大利麵。」

「謝謝。」

日南面前放著培根蛋義大利麵，我的面前則是放著香菇義大利麵。

「所以，到底是怎樣。」

「這家店的菜很好吃。」

看起來是打從心底開心一般，日南笑著說出這句話。這表情是怎樣，可愛到不行，到了讓人驚訝的程度。

「……不是說這個。」

「唉，總之你先聽我說。」

話中帶著嘆息的她說完便指著自己的嘴邊，然後馬上又開始展現之前那種一下變成美女一下變成普通人的伎倆。

「哦～」給妳拍拍手。「不對吧！現在到底是怎樣！」

「你很纏人耶，只是因為肚子餓才來這裡啦。」

這麼說的日南吃下一口培根蛋麵。用叉子捲麵的動作、把麵移到嘴前所劃出的軌道、微微張嘴而把捲在叉子上的義大利麵含進嘴裡，以及之後只有叉子從唇邊緩緩被抽出來的舉止。這一切都既優雅又美麗，散發著一種誘人的性感魅力。連輕輕舔著沾在嘴唇上的醬料的舌頭，都讓人不自主地仔細盯著。

「……嗯，好吃。」

然後自然地顯露天真無邪的微笑，日南如此細語。這可愛的程度可真不是蓋的。

「也就是說……重點是表情。」

表情？

「是指剛剛那種笑臉嗎？」

「啊？剛才的笑臉？」

「啊，沒事，當、當我沒說吧。」

因為莫名地實在太那個了，我一不小心就說出了奇怪的話。

幸運的是日南她沒有特別在意的樣子，而是繼續把話說下去。

「看好囉？這是美人狀態的嘴型。」

她這麼一說後我仔細看，她的嘴角微微地提高，臉頰的部分也因為這樣而有一種縮緊的感覺。無庸置疑地是一位美人。也給人親切的感覺。不過一直盯著她看就會覺得，該怎麼說，就是那樣吧，這傢伙的長相真的很可愛啊。雖然意識到這點就不敢看她的眼睛了。

「然後，這是不是美人的狀態。」

日南整張臉上的霸氣喪失了。仔細看她現在的狀態，便發覺她嘴角下垂，臉頰周圍鬆弛了下來。連鼻子兩側的部分都出現了皺紋。雖然沒有到醜女的地步，但要說是美人的話也只是勉勉強強。

「哦～」給妳拍拍手。

「哦什麼哦啦，一臉蠢樣。這可不是讓你佩服的時候喔？」

「……是、是的。」

稍微被她的氣勢壓倒了。唉，這傢伙果然不可愛啊。

「懂了沒？也就是說——」

日南的嘴角上揚。

「我平常都是一直保持這種狀態。」後來日南的嘴角又下垂。「而你一直都是這種狀態。」

「我有、有到那種地步？」

我不禁有點吃驚。嗯，我是覺得我嘴角確實不是上揚的狀態啦，但是直接把我當成不好的範例讓我有點不服氣，會讓我覺得她說過頭了。

「對。」

她的反應就像是事先準備好的一樣，把一個小鏡子直接舉到我眼前。我看見了臉頰鬆弛的自己的樣子。

「……原來如此。」

「你懂了吧？」這樣讓我懂了。「……看來已經懂了呢。」

「不，我覺得不會只因為這樣就讓臉有很大的變化。我的長相很醜，那是比嘴角還嚴重的問題。」

「你真的很會頂嘴耶。」

「沒辦法啊，這是我抱持了十六年的想法。」

「我們現在就先不要管你到底醜不醜。」這事就先被放著不談了。她也有溫柔的時候，真令我意外。「看來你還是不知道嘴角的重要性呢。」

「嘴角的重要性？」

「對。」

日南在對話與對話之間吃著義大利麵而開始這個話題，我也模仿她開始吃起義大利麵。一吃就——好吃，真的有夠好吃的，這什麼東西啊，太讚了。這莫名地猛耶。

焦得恰到好處的奶油與醬油的宜人香氣透過鼻子直擊大腦。吃下一口之後從培根滲出來帶有脂肪的美味與之混合，在舌頭上順勢溶解，濃郁的風味染進了細胞。同時也發覺到口感有嚼勁的麵條，讓下巴也跟著享樂起來。

「……好吃……極了……！」

原來這世上有這麼好吃的義大利麵啊……日南，謝謝妳……

懷著深刻的感動與感謝之情看向日南，就看見日南她的眼瞳水汪汪的，表情看起來像是非常非常想要什麼東西的樣子。

「你那盤也……很好吃的樣子呢?」

日南一邊以平靜的口吻說著這句話,視線一邊在我的臉與我這盤義大利麵之間來來去去。

呃,這個……是就算連我這種有社交障礙的人也知道該怎麼做的程度。

「……要吃一口嗎?」

剛說完,日南她水汪汪的眼睛就睜得大大的,表情可愛到令人有點難以直視。然後她說「謝謝,那我就吃囉」,並把叉子插進我的義大利麵裡捲一捲。拿到嘴邊,一口吃下去,之後她那陶醉的表情甚至散發出了性感的魅力。

就在我被她那副表情吸引地出神的時候,我晚了一瞬間才意會到。

「啊啊!」

「怎、怎麼了?」

日南說話的樣子看起來什麼都沒發覺。不對,等等喔。畢竟這個就是其他人常說的,間接地進行嘴與嘴之間的那種行為,我們剛剛不就是在做那種間接行為嗎……!

「不,因為妳這樣是,間、接……接吻……」

我下定決心說出來之後,日南擺出了眉毛上揚的傻眼表情。

「我說啊,如果是用寶特瓶之類的就算了,會在意這種雞毛蒜皮的小事的人頂多只有國中生喔?」

「咦？呃，那個，一般人平常不太會在意……這種事嗎？」

無視我的內心動搖，日南說著「唉，比起這個，我們先把話說下去吧」，同時也讓態度嚴肅起來。

「先假設有兩個戴墨鏡的男人在聊天，眼睛跟眉毛都被遮了起來。外人聽不見談話內容，但可以看見他們的樣子。」

「這、這麼突然說什麼啊。」

我還沒擺脫間接的那個所造成的混亂的說。啊，不過義大利麵好好吃。

「假設其中一個人是現充，另外一個人則不是現充。那麼哪一個人是現充，哪一個人又不是現充，你覺得有辦法光用外表去判斷嗎？」

這跟剛才說的嘴角有關？唔──戴著墨鏡的兩個人之中，哪一個是現充嗎？

「唔……只要看一看多少就能知道了吧……？啊啊，好吃……從髮型，或者舉動跟服裝之類的大概看得出來。」

我一邊咀嚼好吃到不行的義大利麵一邊回答。

「那，如果兩個人都是光頭，又都穿西裝的話呢？」

髮型換成光頭、服裝也都是西裝的情形啊……我在腦裡試著想像那種場面。有兩個戴墨鏡的光頭……都穿著西裝……嚼嚼……跟對方說話的狀態。

「嗯，就算那樣應該也多少能知道吧。」

日南點頭。

「對，髮型一樣，眼睛跟眉毛也都被遮住。就算是那種狀態也多少能夠分辨出來。這不是很神奇嗎？」

「嗯，說得也是。這個真好吃。的確要說神奇是挺神奇的。」

「那你覺得到底是為什麼能夠分辨出來呢……原因就是，這個喔。」

點著頭的日南又指著自己的嘴邊。不會吧。

「……義大利麵嗎？」

「你是白痴嗎？」

對不起啦說得也是喔。

「……表情嗎？」

「正是如此。」

「嗯～」

「就像剛才讓你看的一樣，表情，尤其光靠嘴形就能讓乍看之下的印象造成很大的差異。人會無意識地去感受那種印象，並且大略地判斷別人的性格。」

嗯，這樣啊。

「大概就是『看起來就是那樣了吧』的感覺吧。」說到這我突然想到，「咦，等一下喔，也就是說妳是想著這個而老是讓嘴角上揚嗎？」

然後，義大利麵吃完了。

「我想想。一半正確一半不正確。」

「一半？」

「一開始是有那方面意識而一直上揚。不過，只要有鍛鍊肌肉的話，自然而然就會上揚了。嗯，好吃……雖然到那種地步也花了幾個月就是。」

「幾個月……」

那份親切感的背後竟然有那麼多的努力啊。

「嗯，總之表情的臉部肌肉跟嘴形之類的很重要就對了吧……不過，那這個口罩又是怎樣啊？把嘴形遮住的話不就一點意義都沒有了？」

「要鍛鍊肌肉。」

「啊？」

「所以說，要你鍛鍊肌肉。既然跟肌肉有關又必須要鍛鍊的話，就只能好好鍛鍊了吧？」

「到底什麼意思啊？」

然後日南把一包三十個的口罩包裝塞到還在疑惑的我的胸前，並且說出這些話。

「從現在開始的一個月，除了吃飯跟睡覺的時間之外，移動中、上課中，還有跟其他人說話的時候，你都要一直在口罩下保持滿臉笑容生活。」

「……咦咦!?真的嗎？要一直那樣？」

我一邊接收她塞過來的口罩一邊困惑地大聲說。

「這是當然的啊。時間是有限的。你要在一個月之內給我做好。」

這樣說著的日南又重新調整坐姿，不知不覺間她的麵也吃完了。

「不對，可是就連妳都花了好幾個月吧？那用跟妳差不多的步調不就可以了？」

「你說什麼傻話，那樣的話就來不及達成目標了。」

「目標？」這我可是第一次聽到啊。「不是說最後要成為現充嗎？」

「你懂嗎？要開始努力的話，那種遠大的、遙遠未來的目標確實是很重要。不過，同時也需要不久後的將來，以及近在咫尺的未來目標喔。」

「……這樣啊。」

的確，我在練習AttaFami的時候，一直以來也是以那種方式設定目標的。

「你應該能懂吧？」

「……說得也對，嗯，懂是懂啦。」

「不愧是你，這樣就好說了。」

為了達成遠大的目標，就要設定比較小的幾個目標而循序漸進地實現下去。應該說，不那麼做的話就會漸漸不知道自己當下該做什麼，最重要的是會無法保持動力。至少我要把遊戲練到頂級的時候是這樣度過的。

也就是說……『人生』也是遊戲，所以做法相同，是這個意思嗎？

「遠大的目標、中等的目標、微小的目標，要用照順序一個一個破關的方式進行下去。」

「也就是說遠大的目標……可以設定成『成為現充』吧？」

「沒錯。不過，就算是現充也是有程度差別的，既然要設成最終目標的話，應該是要成為『跟我一樣的現充』會比較好吧。」

「那樣子……會不會太艱難了一點……」

「確實，校內第一孤單的你，跟校內第一現充的我之間差距實在是太大了。不過，只要確確實實地做好我說的事，也不是說沒有辦法達成那種目標喔。」

……真的假的。

「好，我知道了……那，中等程度的目標跟微小的目標是什麼呢？」

「我想想，那麼，就先從微小的目標開始發表囉。」

吞口水。

「要讓家人，或者是身邊的朋友開始問你『是不是交女朋友了？』這樣喔。」

……啥？

「什麼意思啊？」

「就字面上的意思啊？」

「呃——？」對於發出這個聲音，無法領會的我，日南那明顯傻眼的表情襲擊過來。

「唉……跟 AttaFami 有關的事多少能吸收，但是跟人生有關的事理解卻很差呢。」

她將手心朝上，像是刻意要擺出拿我沒轍的姿勢。

「多管閒事。」

「聽好囉？簡單說就是『讓周遭察覺表面上的變化，而且到了會想直接問的程度』。」

嗯——『讓周遭察覺表面上的變化，而且到了會想直接問的程度』？

「……那就是『是不是交女朋友了？』這樣的句子嗎？」

「啊——真是的。不管說什麼都可以啦。『你最近看起來清爽了很多嘛？』或者『我差點認不出來你是誰』之類的都可以。總之只要有人對你具體說出那種『明顯的變化』就算過關。」

「原、原來如此。」

「周遭的人對你說話這點很重要喔。如果只是自己覺得自己變了很多就不行了。」

「喔、喔。」

「也就是說，變成客觀來看，都會覺得你的外表或者醞釀出的氣場明顯有所改善的狀態，這點很重要。」

「我、我知道了。」

日南現在心情不爽，從眉間的皺紋就看得出來。

「你到底要我說明到什麼程度啊。」

「抱、抱歉……不過，要怎麼判斷才行……」

「你指什麼。」

「比如說，周遭的人就算說了什麼，又要怎麼確定他們說的話到底算不算過關呢？」

「……你就連這個也沒辦法自己判斷？」

「對、對不起。」

「……我知道了。如果有人對你說了什麼，你就直接把那段話原封不動地轉述給我。我會判定你算不算過關。」

「收、收到……」

雖然不想但我真的很沒有面子。

「然後，過關的話我會再依序給你微小的目標，我會視到時候的狀況如何而定。那，我提一下中等程度的目標……這個就很簡單了喔。」

這麼說著的她露出不懷好意的微笑。

「那就是，在升上三年級之前交到女朋友。」

瞠目結舌就是這種時候會有的行為。女朋友？我交女朋友？這輩子一直是一條孤狼的我要交？因為是我所以才理所當然地以沒有女朋友為前提吧。日南同學妳答對了。

「不不不不不不。」

「什麼？」

「這門檻太高了吧！」

「哪會啊？」

她的表情看起來真的搞不清楚我的意思。這就是我與一直人見人愛的人之間意識上的落差嗎？

「我說啊，妳很輕易就能交到男朋友所以應該不懂吧，不過從不受歡迎的人的角度來看，會有戀人可是既誇張又脫離日常生活的情況喔!?而且現在是六月吧，也就是說剩不到一年了耶!?我根本就不可能辦得到這種事啊！」

我不禁站起來激烈地辯稱自己有多麼不受歡迎。端著餐後紅茶過來的店員一邊苦笑一邊把茶杯碟放在桌上。日南她維持坐姿嘆著氣。我真丟人。

「唉……我說啊，先反過來問你喔。」

眼神有~夠冰冷的。

「好、好。」

「你覺得高中二年級又有交女朋友的男生，比例大概有多少？」

「咦……怎麼問這個？大概有兩成到三成左右吧？」

「……那我們先大略估算一下，假設比較少一點，只有一成好了。」

「嗯，好。」她是打算說什麼啊。

「說得簡單明瞭一點，就當成遊戲來看吧。我想想，那就用AttaFami比喻。你是日本第一吧？」

「嗯，這是沒錯。」

「好，那麼假設這裡有個完全沒接觸過AttaFami的外行人。然後，那個人說想把AttaFami練好，接下來你就登場了。」

她突然指著我。

「我？」

「對。你可以對那個人花個一年，充分地提出建議，命令他怎麼操作，或者要做怎樣的練習之類的。然後，那個人也確實遵守你的指示，並且加以實踐。」

「……原來如此。」

「如果這樣的話，花個一年把那個人培養成日本所有人口中封頂的一成玩家之一，你覺得會有多難？」

一成嗎？說一成就是十個人裡面會有一個人的程度，差不多就是班上最厲害的水準……

也就是說啊。

「……有夠……簡單的呢。」

「鬼正。」

「咦？」

「所謂的一成，就算從數字上來看也是很少的概估喔。也就是說，你在升級前交到女朋友這件事，只要確實遵守我說的話就能輕易達成了。」

她以有點快的速度迅速地說著。

「不是說這個，妳前一句說什麼？」

「……你聽錯了。」

怎樣？是在開玩笑嗎？臉紅了起來，是把我當傻瓜看而忍著不笑出來嗎？而且總覺得那句話好像在哪裡有聽過……

「重要的是，你有聽懂了吧？那不是什麼高得很誇張的門檻。」

嗯，理論上確實是這樣……

「可是，AttaFami 跟人生不一樣吧。」

她又對我嘆了氣。

「可以不要自己下定論嗎？你打 AttaFami 雖然是專家，但是面對人生卻是完完全全的外行人喔？反正你都決定要試試看了，就聽我的話。」

「……抱歉，這樣說也沒錯。」

我老實地道歉。畢竟這是我自己決定的。我確實是不知道人生的規則，還有在人生中怎樣熟練地操縱角色。既然是這方面的超級高手所說的話，總之我應該要像條狗一樣好好遵從。這樣才是身為玩家的正確做法。先做了之後再判斷是不是神作就可以了。

「第二服裝室，你知道在哪裡嗎？」

「咦？」

「我說，舊校舍的第二服裝室。你知道嗎？」

啊，我們學校的……好像有那種地方吧。

大概是那邊吧。去舊校舍的話大概就知道在哪了。

「嗯，應該知道吧。」

「這樣啊。那你從現在開始，每天第一堂課三十分鐘前，還有放學後都要到那邊去。」

「為、為什麼？」

「當然是要給你當天該做什麼的指示，還有報告並反省當天的情況啊。如果沒有試誤學習的話怎麼算努力啊。要做的話就要做到徹底。」

要做就要做到徹底。嗯……這點我同意。

「……ＯＫ——」

「說是這麼說，我們有時候都會有別的事情得做，遇到那種情形的話就臨機應變吧。郵件地址你已經知道了吧。」

「說得也是。不過，我有別的事要做的情況可說是少之又少啊，哈哈哈。」

「……你啊，到底是有沒有打算認真進行？這可是要讓你在幾個月內變成放學後有事要做的人的一連串計畫喔？」

被瞪了。不過，咦。

「真的嗎？」

「當然啊。」

還真讓人安心。如果真的變成那樣就有趣了。

「知道了。麻煩妳多關照。」這麼說的我微微低頭。

「還、還有……」

然後日南突然只留下最少量的帥氣，說話的感覺像在猶豫著什麼。她一點一滴地喝著紅茶，眼神朝著旁邊看。

「嗯？怎麼了。」我這樣反問過去後她突然抖了一下。這是怎樣？

「那個，我說啊，今天這樣本來算是 NO NAME 跟 nanashi 的網聚沒錯吧？」

態度怎麼突然變得這麼溫順了？

「是、是這樣沒錯。怎麼了嗎？」

「問、問我怎麼了是怎樣啦……我說，既然本來是網聚……」

「嗯？」

「啊，真是的！」

日南吐出不像平常的她、充滿感情的聲音之後，瞬間往下看而吸氣，然後讓人覺得不自然地，與我四目交接。

「所以，一般來說，這種時候不是該互相告訴對方的 AttaFami 朋友代碼嗎？」

雖然日南之前一直都是看著我的眼睛說話，不過現在比較像是，要是把眼神別開就輸了所以硬是讓眼睛繼續對著我，感覺得到她為了保持這樣而使力。

跟她那像是用力地瞪著我的視線以及緊緊閉著的嘴唇呈現對比的是，該怎麼說，她的臉頰漸漸地染得愈來愈紅。那並不是因為炎熱或者生氣所造成的，就連有社交障礙的我也能輕易就看出來。雖然看得出來，可是這時我卻不知道該用什麼話回她。雖然她之前說過一扯到 AttaFami 就會感情用事，但沒想到會到這種地步。

「就只是這樣而已……你好像有什麼想說？」

畢竟我也不打算做什麼奇怪的言行對她造成刺激而惹怒她，只說了一句「不，沒什麼」就跟她交換了朋友代碼。這樣子就可以隨時進行朋友對戰了。

她剛才泛紅的臉蛋就僅止於烙印在我腦海裡就好了。順帶一提，紅茶也是好喝到不行。

2 在一場戰鬥中等級連續提升的時候真的有夠爽

第一堂課四十分鐘前。因為怕會找不到地方而提早過來，卻意外地輕鬆找到目的地，而比預定時間提早十分鐘抵達第二服裝室。

第二服裝室有著古色古香的氛圍，現在明明就是初夏才對，黑板上卻寫著『十月二十六日』而讓這裡像是廢墟一樣，待起來還挺舒服的。忙碌舞動著的塵埃在朝日的照耀之下，看起來也散發著神祕感。在窗邊等間距排列的縫紉機是上個時代的設計，反而給人一種摩登的印象。本來應該是白色的陶器製的表面，或許是因為陽光長期照射的關係而有一點點泛黃，那種絕妙的色調莫名地引起了懷舊之情。

沉浸在這種寧靜氣氛裡的時候，日南她過來了。

「早啊，友崎同學。到了值得紀念的第一天呢。」

「啊，嗯。」

「氣氛還不賴吧？」

日南一邊環顧教室一邊說。

「咦，啊，對啊。這還挺不錯的，像廢墟一樣。」

「哎呀，你很懂呢，品味還不錯嘛。因為要常常來，所以我選了一個好地方喔。」

日南一邊說一邊坐到離她最近的椅子上。「坐起來不太舒服就是了。」

然後她露出了苦笑。我也坐在她的正前方之後，發覺椅子有點鬆，而且也沒有椅背，坐起來的確是不太舒服。

「嗯，像這樣子也不錯啊。我也喜歡懷舊遊戲跟桌上遊戲之類的。」

「哎呀，是這樣嗎？真想找個時間跟你較量較量。」

「我求之不得。要是以為我只有 AttaFami 厲害的話，下場可是很慘的喔？」

「呵呵，我可沒那麼想喔……不過，你剛說的是我的台詞才對。」

nanashi 與 NO NAME 的自尊瞬時電光石火地交錯。

「先這樣吧……所以，今天要做什麼？」

「……也對，就趕快給你這次的課題吧。總之，我要你朝著微小的目標繼續實行那個口罩肌肉鍛鍊法……同時也要讓你朝著中等目標而一步步做好事前準備。」

「中等……就是交到女朋友吧……」

說真話，到現在還是沒有真實感。

「為什麼在戴口罩的狀態下還能發出那麼令人煩躁的氣場啊。那也是一種才能了吧。」

「多管閒事。」

「還有，這次的課題我已經決定好了。」

「哦……」

吞口水。

「……今天的課題是『在學校裡對三個以上的女生搭話』。」

呃……

「還挺單純的嘛……？應該說，突然就進入實踐階段了？」

目前還只有做臉部表情肌肉的訓練，而且才剛開始做沒多久。

「有什麼疑問？」

「這，該怎麼說，會不會太趕了？要在什麼變化都還沒產生的狀態下去做？」

如果是再多做一點，例如說話的練習，或者是現在這種表情肌肉的練習之類的，做完之後再進行剛才說的課題的話我還能理解，但現在進行的話不就只會讓別人覺得噁心而已嗎？

「哎，我知道你現在想像的情形，但現在這麼做是必要的。就乖乖聽我的吧。」

「嗯，說得也是……我知道了。」

都已經決定要做就要聽話聽到底了。

「不過，有一些注意事項，也就是說你只要注意那幾項就好。」

「注意事項？」

「對。首先第一點是，對人搭話的內容。這方面我會做一定程度的指定。」

「指定？」

「就是『雖然得了感冒，不過面紙用完了，如果有的話借我一張』的感覺。不過是不是借面紙其實沒有差別，重點是要以得了感冒這件事為契機。」

「以感冒為契機的話，要什麼都可以嗎？」

「沒錯。對從來沒聊過的人搭話的時候，要是沒有什麼表面上看得出來的契機的話，是會讓人有戒心的。如果是班上階級較低的人主動搭話，尤其會讓人覺得『怎麼這麼突然？』。如果能夠自然地做到這方面是最好，但你應該也只會用令人噁心的方式對人搭話。既然這樣，用感冒當理由，你也剛好一直戴口罩，從外表就顯而易見，是最適合的方法。」

「原、原來如此。」

雖然中途對我惡言批評，不過我能接受。

「而且在最慘的情況下，如果你的應對方式真的噁爛到不行而讓對方對你退避三舍的話，之後要補救的話，不就還有辦法用『那天是因為感冒所以才會那樣』的方式去做腦內修正嗎？」

「原、原來如此……」

原來還做了那麼悲哀的設想啊。真的非常感謝妳。我認為這是必要的。

「然後，注意事項還有一個。要搭話的時候，我一定要在你的附近。」

「日南要在附近？是要監視我有沒有好好地跟三個人搭話嗎？」

「嗯……說起來，算是這樣吧。」

意外地嚴格。

「瞭解了。」

「回答得很好。」

「啊——不過，日南在附近，而我能自然地對女生搭話的機會，會多到有三次嗎？」

「有啊。班會前你旁邊坐的是優鈴吧。泉優鈴。接下來，換教室上家政課的時候旁邊坐的是深實實。也就是七海深奈實。當然可以自然地搭話啊。」

「……我旁邊坐誰妳還記得真清楚啊。」

「哎呀，班上在換座位的時候我可是都有背下來喔？」

什麼鬼啊。太猛了。對那兩人搭話的話確實是只要努力就有機會……不過。

「……剩下的一次呢？」

「你啊，至少有一次要靠自己在下課時間之類的自己加油一下吧。」

「……說得也是呢。」

對我來說門檻太高了啊。

以這種感覺結束作戰會議後，跟日南錯開時間回到教室的我，發覺此時此刻其實就已經是絕佳的機會，不得不盡速實行對泉優鈴搭話的課題。心理準備啊。真是令人著急。

說起來，仔細想想那可是泉優鈴耶，偏偏是那種所謂吃得開的集團的一員。雖然她在集團中不是頭目等級的，不過她很開朗，聲音也很大，是常帶笑容、開朗活潑的女生。要更進一步說的話，她會看情況打領帶的行為也是很吃得開的證據。

我們關友高中在制度上，女生可以依照喜好選擇打緞帶或者打領帶，然而卻有像是學姊傳下來的風氣，而讓大家都有『階層低的女生不能打領帶』這種默認的共識。泉優鈴似乎是看心情決定要打哪一種，不在意任何一方的作風也讓人能感受到她的餘裕。順帶一提，這種莫名現代的校風與制服獲得學生好評的同時，也有著明明位於到處都是稻田的地方卻還硬要跟上潮流真的很遜的評價。這就是埼玉的命運。

總之無論如何，裙子很短，除了緞帶之外有時也會打領帶，而且不管是緞帶還是領帶，在脖子那邊都會打得比較鬆，開襟毛衣的顏色也很明亮的泉優鈴。她這樣已經是如同人見人愛的女生範本一般的存在了，也就是所謂會被人叫成婊子的那種女生。胸部也很大。她充滿清潔感，又因為是可愛系的所以沒什麼壓迫感，不過要我突然對這樣的泉優鈴搭話，確實沒有感冒之類的藉口的話就辦不到了。

我坐到座位上時，泉優鈴像是在找什麼東西一樣在自己的位子上翻著書包。要是找到東西的話她大概就會離開座位，去跟聚在窗邊的那群吃得開的人們會合吧。那麼，只能現在上了啊。日南也在視野能及的範圍之內……好。

總之先上再說！

「啊，抱、抱歉，泉同學，不好意思。」

「嗯？咦，怎麼了友崎同學？有什麼事？」

果然突然搭話讓她有點困惑的樣子啊。不過她回過身來的輕快動作就能讓人感受到開朗活潑。從鈕釦之間的小小縫隙可以微微看見她龐大的胸部，別起來的鈕釦被那大胸部給擠壓，讓胸部與腋下那一帶產生硬撐出來的橫向皺褶。也就是說，她胸部與布料的密著程度到了會令人反射性地想像形狀的地步。好大。但是為什麼這種現充女穿的襯衫尺寸會像要撐破了一樣啊。是不是刻意選比較小的尺寸來穿呢？因為會讓人想看所以希望妳別再這樣了。

「那、那個，妳有帶面紙嗎？我感冒了但忘記帶……」

一邊裝出身體不舒服的感覺，一邊盡全力忍耐讓眼光不要對到胸部，而且口罩裡面還因為鍛鍊肌肉而滿臉笑容，所以我不太知道自己到底是發出怎樣的音色。

「嗯，這樣啊，你等一下喔……啊——抱歉！我沒帶！」

兩手合掌的「抱歉！」姿勢。因為手臂靠過去而使她龐大的胸部更受到強調。沒看喔沒看喔。不過，那種像是不小心搞砸事情的輕鬆作風倒是挺像現充集團會有的反應。她對待我的方式比我想像中還更像在應對一般人那樣，這讓我安心了。

「啊，這樣啊，抱歉，沒關係沒關係。」

我自己心想是在抱歉跟沒關係什麼東西而說著這句話，然後，馬上變成了泉優鈴突然轉向後面的位子問說「欸欸，有帶面紙嗎？」的驚人事態。哇——喔，超乎預料超乎預料。能夠反射性詢問別人的這種人際關係的運動神經一類的東西好厲害。我有辦法完全駕馭這種東西嗎？

「我有帶喔……請用……」

雖然是放鬆沉穩的口氣，不過被問到之後立刻就拿東西出來的回應方式，發展也太快了。這女孩是隨時都有準備小包面紙放在桌子裡嗎？

她是——菊池風香同學。

肌膚白皙的短髮文系女生，擁有歸類在這種隨處可見的類別的話，會令人覺得浪費的獨特且纖細的氛圍，如同妖精一般的存在。就算不仔細看也是個美女。人很內向，長長的睫毛引人注目。不知道為什麼對同年級的人也會說敬語。

「謝謝！來，面紙給你。」

充滿精神地從菊池同學那邊拿到的面紙，以同樣充滿精神的方式遞給了我。

「謝、謝謝。」

我與泉優鈴、菊池同學交相瞄了一下，以表達對兩人的感謝之意後這麼說。這是我盡全力能夠做到的誠意了。泉優鈴她拿著可能是在找面紙的時候找到的，我對她搭話之前就在尋找的小隨身鏡而從座位上站起來，說了一聲「掰啦」就往朋友那邊走過去了。

這樣突然就變成了一對一。我還沒擤鼻水。因為面紙是整包拿過來，所以要擤完鼻水，再把這包面紙還給她才有辦法收尾。菊池同學現在感覺是沒有其他東西要看，所以像在發呆一般地看著我這邊讓我莫名地尷尬。裝成擤個鼻水再趕快還她好了。但是，看起來雖然像在發呆卻也覺得有一種力道，她的視線真是不可思議。她黑色的眼珠散發著如同密林中的祕寶一般的神祕光芒。

因為我不知道在什麼時候已經不知不覺橫坐著椅子，保持這樣的話，菊池同學那漾著光芒的眼睛，就會清楚地看見我擤鼻水的瞬間。然而，重新朝前面坐好像就變成在顧慮她一樣，也是挺尷尬的，所以我就維持現狀拿掉口罩，擤起鼻水。我想菊池同學大概也是覺得，要是刻意把視線移開的話就好像別有深意，不過她那魔法之眼就像在發呆一樣地注視我擤鼻水的場景。這個空間是怎樣啦，會讓人變得消極的劇情。

鼻水擤完後，視線移向菊池同學那邊，就看到菊池同學的視線有點往下別開。

「……呃——謝謝。」

「……不會。」

只看這一段的話，看起來感覺像是生疏且令人會心一笑的兩個人，不過因為是在擤完鼻水之後所以其實並不是像那樣。我慎重地歸還小包面紙。用過的面紙我拿去丟到垃圾桶裡，然後又回到了座位上。任務完成。這樣子應該可以算成有對兩個人搭話了吧？在我想著這種事的時候。

「友崎同學。」

「呀!?」

菊池同學那透明澄徹，彷彿從耳邊直接把氣吹進腦袋的聲音忽然撲了過來。

「怎、怎麼了？」

「那個……」

奇怪，我有什麼地方沒做好嗎？菊池同學的眼神看起來非常訝異。

「那個……我想要問一下……」

「咦……？」

「那個……為什麼……」

為什麼……？

「為什麼……你剛剛在笑呢？」

哈哈哈，搞砸啦。

結果我非常不知所云地說了是牙痛——是因為痛的關係看起來才會像在笑——之類的話，想辦法在形式上突破窘境，不過說出「是這樣……的嗎……？」的菊池同學眉頭整個皺起來了，眼裡也清楚浮現出問號，所以實際上我應該沒有突破窘境吧。

心裡想著「這樣如何？」而瞄了一下日南那邊，她像是刻意要讓我看到一樣誇張地嘆了一口氣，所以果然是失敗了吧。這樣一定讓人覺得很噁心了。雖然是這樣啦，不管細節怎樣，我還是滿足了最低條件。也只能一邊反省失敗的地方，一邊對自己說這樣想必是踏出一大步了。

再來就是第四節的家政課了。我又焦慮起來了。到時候必須跟『深實實』或者『七奈奈』也就是七海深奈實搭上話才行。因為她的名字只由兩種發音構成（註6）所以會被那樣叫，最近似乎是以稱呼深實實為主流的樣子。白皙的肌膚與黑色的長髮，端正的眼鼻與瀟灑的輪廓，外表明明就像日本人偶卻開朗到不行就是她的特徵。她跟日南一樣都加入了田徑社。

換教室的時候要是太早過去的話，就會看到其他沒人陪的人都形單影隻，而且每個人都像是要醞釀『請不要在意我』的那種氣氛，而不知所以地坐著看筆記本或者課本。我不太擅長忍受那種氣氛，所以每次都會一個人到圖書室消磨時間再過去。

會在十分鐘的下課時間去圖書室的人十分稀有，會這樣做的每次都只有我或另一個人。順帶一提，我是裝成在看書而檢討著AttaFami的戰法。不過今天沒空去圖書室，我必須盡早到教室去對七海深奈實搭話，或者有機會的話也可以對其他女生搭話。

在第三堂課結束的同時，我就拿著家政課的課本與題庫，還有筆記用具跟活頁

註6　七海深奈實原文為「七海みなみ」，發音為ななみみなみ（Nanami Minami），前面所譯的兩個綽號「深實實」與「七奈奈」分別為「みみみ（Mimimi）」與「ななな（Nanana）」。

紙走出教室。

到家政教室一看，裡面果然如同想像一般營造出了「請不要在意我」空間——而且還有附加贈品。孤單沒人陪的人有兩個而且各自坐著，除了他們之外，我這組，應該說就是我旁邊的位子，不，乾脆直接說就是我這次的目標，七海深奈實已經坐在位子上了。為什麼啊，她已經翻開題庫而且不知道在用自動鉛筆做些什麼。不管怎樣這都是好機會，不過，現在搭話的話，因為四下無聲，所以教室內的聲音比例全部都會被我跟七海深奈實的對話給占據。雖然被其他兩人聽到其實也沒什麼大不了的，但是自己發出的聲音充滿室內的話會毫無來由地令我有點難受。

這可真難搞啊——該怎麼辦。想要晚點再進行的說……嗯？說起來，等一下，對喔。日南不在。對啊，要在她看得見的地方對女生搭話才行，所以現在做就不對了。對啊對啊。如果不晚點再搭話就不對了。等人多一點之後再說吧。

我就這樣子拚命擠出一百分的藉口，以安全的精神體制在七海深奈實旁邊的位子坐下。

「嗯，怎麼了友崎同學。來得真早！」

為什麼啊！

剛才應該還是默默面對題庫的七海深奈實，在我坐上她旁邊的位子的同時，連一絲的猶豫也沒有就馬上用彷彿本來就會這麼應對一樣的感覺來對我搭話。因為她對我搭話的情形實在順暢到太自然了，以至於我一瞬間產生了『並不是在對我說話』

的錯覺，不過她確實是說了友崎同學。

雖然沒辦法無視她，但如果要老實回答她問的『提早來的理由』的話，答案就是「為了跟七海同學搭話喔」，要是說了這種話絕對會因為噁心過頭而被殺掉。說是這樣說不過我對於交流上的變通可是完完全全地不擅長。所以——

「……沒什麼……」

「咦？」

「……沒什麼，呃——那個，就想先過來。」

「啊——這樣子啊？嗯，也是啦，也就那樣嘛！」

就變成這樣了。

不過對「就想先過來」這種有講跟沒講一樣的回答，她竟然也會用「也是啦」回覆，最近的年輕女孩感同身受的能力可真厲害。我是不是有一天也會變成這樣呢。

話說回來該怎麼處理這種狀況啊。既然對話已經開始了，這時如果沉默的話就不是『之前就一直各做各的事的狀態』，而是『之前在對話但是沒有對話持續下去的狀態』，氣氛之神會這樣判斷的。然而，我們兩個人之間當然沒有最近的電視節目怎樣，或者班上的誰怎樣怎樣之類的沒什麼大不了的話題。而且在這個時間點裝成突然想到要借面紙也很怪，雖然覺得真的糟透了就乾脆用這招好了，但真的挺不自然的。

所以也只能在痛苦萬分的狀態下硬是掙扎了。

「不、不過啊——還滿厲害的耶——」

我戰戰兢兢地，盡可能讓自己自然地發出聲音。

「嗯？什麼厲害？」

七海同學睜大圓滾滾的眼睛看向我這邊。聲音透明澄徹但音量卻挺大的，所以響徹了整間教室。

「嗯？」

「嗯，就剛才我回妳說『就想先過來』這種，有講跟沒講一樣的回答啊。」

看起來是沒聽懂我想說的。不過這樣也對啦。

「明明是那樣，但妳還是回我說『也是啦！』……讓我覺得最近的年輕人感同身受的能力滿厲害的……」

——七海同學似乎是腦袋的運作跟不上我想說的話，而陷入了沉默。這樣也對。畢竟我只是把剛才心裡想的事情原封不動地說出來罷了。根本就說不上是對話。

「…………」

「…………」

好尷尬。啊——不行啦。氣氛好怪。完全是我不對。不行啊。對話到底該怎麼進行才好？雖然是受到了「不管怎樣去搭話就對了」的命令而搭話，但竟然會落到這種下場。

「啊——不好意思……」

「啊哈哈哈哈哈哈哈哈！」

「咦？」

她笑得好誇張。教室裡的另外兩個人也一直瞄過來。

「咦，怎、怎……」

「說什麼東西啊，友崎同學好像大叔喔！啊哈哈哈哈！」

這、這到底是怎樣。

「咦，不，我只是說最近年輕女孩的……」

「不對，友崎你也是年輕人啊！啊哈哈哈！」

「不、不，我只是……」

「……咦，什麼什麼？只是？」

她問話的感覺像是在竊笑而且很期待。不，我只是認真地把心裡想的事說出來而已啊。

「妳想想，最近的女高中生在對話的時候，不是會在各種層面上說『好糟』這種詞嗎……？就像那樣，果然年輕人之間的重點就是感同身受……」

「啊哈哈哈哈！別說了！別像談話性節目的人那樣說話啦！啊哈哈哈哈！」

認真說出來之後又被笑了，這到底是發生什麼事？她笑著的時候一個個進來教室的其他學生會用「友崎跟深實實!?」這樣的眼神看向這裡。

「不，我只是聽說過那樣的說法但是沒實際感受過，該說是真的體會到之後覺得有種魄力嗎……」

「啊哈哈哈！什麼魄力啦！」

「只是覺得是貴重的樣本……」

「所以才說你像大叔嘛！要說樣本的話周圍不是要多少有多少嗎！啊哈哈哈哈！」

「深深～怎麼了？」

同班的，跟七海同學很要好的夏林花火坐到七海同學的正面詢問。纖細且個子小，妹妹頭加上童顏，以及她細細微微的動作，十分適合用小動物這個詞來形容。

「啊，小玉！今天也很小隻呢～！」七海同學一邊這麼說一邊搔著夏林同學的頭。雖然不知道原因是什麼，夏林同學就像小動物一樣被叫成『小玉』。順帶一提，那個『小玉』把七海同學稱作『深深』，我也不知道這其中的源由是什麼。

「這種反應就不用了！快回答問題！」

夏林同學一邊單手將七海同學的手臂撇開，然後從看得出低於一百五十的低角度放出銳利的罵聲。說話方式是挺嚴厲的卻一點魄力也沒有。

「小玉好可怕喔～」

「別扯開話題！說明！」

「抱歉抱歉——那個啊，友崎他，就像大叔一樣，呃——說什麼來著？嗯——我不懂！略過！」

「啊!?」

「嘿、嘿、嘿～這代表只有比較早來教室的人才能享受到囉！」

「哪有這種的！那邊的，呃，是友崎對吧？來，說明！」

不讓人害怕的罵聲矛頭指向我這邊。不過不確定我的名字這點比較刺人就是。

「咦，我？」

「還有其他的友崎嗎？」

「沒……」

「那就快點，別慢吞吞的！」

「友崎加油！」

兩手握拳放在臉的側邊，像在嬉鬧一般地笑著。

「不，要我加油也……呃——那個……」

我以這種感覺盡力去說明了。途中日南跟幾個朋友一起笑著走進家政教室，看了這邊的狀況後僵住了幾秒，之後又變回帶著笑容的日南。

「……大概就是這種感覺。」

「啊哈哈哈哈！」

「一點都不好笑！」夏林同學說。

「咦——很有趣啊～」

「並沒有！只是深深的頭腦怪怪的！」

「咦～好狠喔——！啊哈哈！」

「不是笑的時候吧！」

夏林同學全都一刀兩斷的行為反而讓人心情好起來。這孩子連共感的共都搭不上邊吧，年輕人也是有各式各樣的啊。不過我也是認真說了還被人笑，所以我同意夏林同學的話。

「呃，其實我也不覺得多有趣……」

「咦——！」

「對吧！果然是深深很怪！」

「我覺得應該不是這樣的啊～因為小玉是小孩子所以不懂吧——？」

「吵死了！真麻煩！」

「妳說什麼啦啊哈哈！不過啊，友崎？小玉是小孩子沒錯吧？」

咦！這時換我說!?「她是小孩嗎？」之類的事我沒想過，到底該怎麼回啊。怎麼辦？我根本就不會變通啊，又只能隨口說說想到的事情了。

「呃……雖然我不清楚她算不算小孩子。」

「我懂你的意思！」

「啊，嗯……不過，能感覺到的是，剛才七海同學感同身受的能力是很厲害，但是看現在的情形，夏林同學是全部都一刀兩斷了吧。所以，就算說一樣是年輕女孩子，也是因人而異，沒辦法概括並論的……」

「啊哈哈哈哈哈哈哈哈！出現了！」

「……」

七海同學是爆笑，夏林同學則是不滿地由下往上看向我這。

「所以只看其中一個樣本，就當成全部都一樣還挺危險的——我差不多就是……這麼想的吧……」

「別再說了！啊哈哈哈！」

還是一樣爆笑著的七海同學。在她發出笑聲的時候，夏林同學一邊無視她一邊對我說了這樣的話。

「……這番話。」

「咦？」

「……這番話還有點意思！」

哪裡有啊？

「深實實跟花火……還有友崎？你們聊什麼聊這麼開？」

講到已經不知所云的時候，突然聽見了以前也聽過的聲音。因為太焦急了所以沒注意到時間流逝。人影都靠過來了卻還沒有發覺。不，說起來也對。我是有一點害怕這種情形。所以我必須在變成這樣之前就做一個收尾才對。

友崎、夏林、七海。家政教室的座位是照出席編號排的。而且在友崎跟夏林的中間就是，

——中村。

「你們怎麼搞的？跟友崎聊得很開啊？」

臉整個皺了起來，擺出一副不爽的樣子靠近過來。還有，跟中村一夥的水澤跟……應該是竹井吧，那兩個人也過來了。他們兩個就是所謂中村派系的固定成員，像是以中村為中心進行支援一般地行動著。尤其是水澤，與其說他只是普通的跟班倒不如說他就像是參謀一樣，就連我看了也知道他一直都在狡猾地牽制與誘敵。

「喔，中中——你聽聽看！友崎有夠有趣的啦～」

「咦……友崎啊。」

他忽然往這裡一瞥。笑嘻嘻的。眼裡沒有笑意。

「什麼意思？」

如蛇一般的眼光。心臟被捉住的感覺。接下來中村打算對我做什麼呢。AttaFami對決之後已經過了一個禮拜。大家多少都察覺到結果，緊迫的氣氛也已經全都消散了，而且，現在中村還帶著跟班。他應該有辦法強勢進攻才對。

「我說啊～友崎就像談話性節目的大叔啊～」

「什麼東西，談話性節目的大叔？」

中村這麼說的時候看起來心情不好。

「對對對。」

「我不懂妳的意思。」

中村這麼說之後，在他身邊的水澤只用眼睛環顧周遭，然後開口。

「說明一下啊，友崎！」

或許是考量到中村心裡在想什麼，他刻意對我丟出問題。在這種時候指定特定人物的行為挺討人厭的。應該是覺得我只要說話說得比較多就會口齒不清之類的，想利用這點讓我下不了台吧。不過可別小看我啊。我只是交流的時候不懂得變通而已，單是說明的話我還做得到。還有我 AttaFami 的技術可是壓倒性地比你們幾個都強。

我做了說明。

「……大概就是這樣。」

「啊、哈、哈，對對對！」

對七海同學來說畢竟是第二次說明了，所以反應沒有剛才那麼大。至於夏林同學則是中村他們過來之後就一直閉口噤聲。是因為現充集團的男生來了三個所以萎縮了嗎？

「……呃——所以？」

話講完之後中村對我這麼說。

「咦？」

「沒，呃，說完了嗎？」

「是說完了……」

「一點都不有趣嘛。」

中村這麼說之後又對兩個跟班投以「對不對？」的問句。

「嗯，這沒什麼好笑的……」

「啊、哈、哈、哈！」

竹井刻意擺出奇特的表情附和中村，看著此景的水澤則以能傳得很遠的音量笑出來。

「咦——！你們三個的笑點都好怪喔。」

「不，雖然每次都是這樣，奇怪的是深實實才對喔？」

「咦——！中中好壞喔！」

就這樣，除了我跟夏林同學之外的人都大笑出來。這是待起來不舒服的氣氛。給人的印象大概是，多虧七海同學帶有喜感的表情與口吻才能勉勉強強保持平衡。

「那麼……要不要多數決？」

水澤如此提案。

「啊，這倒不錯。」

感覺像是將軍順從軍師。

「……不用比就知道勝負的感覺可真重啊？」

七海同學一邊笑一邊這樣說。

「好囉！誰覺得深實實奇怪！」

抓住大好機會的竹井就隨意開始表決。中村、竹井，還有水澤都舉手了。

「啊哈哈哈！喂！」

七海同學強勁地插進吐槽。雖然也會給人沒啥意義的印象，但要是沒有這種喜感的話感覺會窒息啊。

「啊──沒辦法過半數啊！」

水澤如此嬉鬧。

「不過啊，因為也可以放棄投票權，所以還不知道結果喔。」

……開始了奇妙的遊戲。我應該怎麼做才好？首先，跟著玩這種像多數決一樣的古怪遊戲本來就莫名地令人討厭。雖然差不多是「這不是在霸凌我，而是要讓我知道問題在我身上而讓我下不了台」的程度，但我還是不擅長應付這種事。

而且夏林同學好像從剛才開始就一直擺出不愉快的表情，這可不是用萎縮之類的說法就可以應付的態度。這到底是怎樣的人際關係啊？

「啊──真是的！中中你那張臉就是一整個知道的樣子嘛！」

「好，那接下來是覺得修二比較怪的人！」

咻！七海同學強勢且帶有喜感地舉起手來。夏林同學果然還是完全無視、維持低頭的姿勢。看來這下可沒辦法簡單收尾了。我看著大家的表情，思考著現在到底發生什麼事。這到底是怎樣？該怎麼做才對？

我用對人際關係實在很不了解的頭腦盡力去思索。

……要是現在不舉手的話，那我的票就不會算在任何一方頭上，這是確實無誤的。然後，從目前為止的舉動來看，夏林同學雖然對我那樣說了，但繼續無視、不配合的可能性看來還是很高。也就是說，這時不管我舉手還是不舉手，夏林同學都一定會因為「為什麼不舉手呢～？」而變成下不了台的箭靶。

也就是說，這時我舉手的話夏林同學就會落單。而我也不舉手的話，就會有兩人成為箭靶。而且，大概主要是我會受到攻擊吧。既然這樣的話，我也不舉手才是上策吧？嗯，就這麼辦。不舉手。

不過這到底是什麼情形？夏林同學為什麼會變成這副模樣？七海同學為什麼在這種狀況還可以笑成這樣？她沒發覺現在的狀況是什麼樣子嗎？還是現在的情形其實沒什麼大不了，只是我的反應真的太過頭了而已？啊——到底是怎樣啦！群體對話也難過頭了吧！

「好——！我也投這邊一票～」

——這時我的背後忽然傳來了活潑又惹人愛的聲音。

不對，是沒有必要地活潑，也沒有必要地惹人愛的，刻意裝出來的聲音。

「剛才沒有在問小葵耶？」

中村以開朗卻帶有壓迫的音調說。

「咦——我有一直在後面聽啊，沒關係啦。」

「不行不行，這是我們第四組自己的問題。不相干的就掰掰啦。」

中村擺出趕人走的手勢，想趕走日南。日南她裝出來的自然過頭的笑容並沒有崩解。

「怎麼這樣——你打 AttaFami 明明就輸給友崎同學的說～」

——氣氛僵住了。

日南剛才的話，是用普通大的音量說出來的。班上沒有人觸碰的小小的禁忌。差不多在中村到這裡跟我們會合的時候，班上的大家就多少都在觀望著我們這組的情形，所以剛才那番話就是讓所有人都聽進去了。變成了「咦？說這個沒關係嗎？」這樣的氣氛。就連一直啊哈哈笑著的七海同學的表情看起來也是瞬間僵了一下。

「欸，葵。」

「如果因為那樣而不甘心就用多數決來攻擊之類的，器量也太小囉～就是這樣子才會被島野學姊甩了！年紀比較小的果然是靠不住……你被這樣說了吧！」

舉手投足像是演戲一樣，日南說話說到學姊的台詞的時候還特別換成了美麗的音色。

「妳……等等，太多嘴了。」

「啊哈哈哈哈哈！好像喔！」

「噗哈哈！」

「哈哈哈哈哈！」

不只是七海同學，連竹井跟水澤都笑了。看著這些發展的同學們也都嘻嘻笑。

這可真猛啊。

「好啦——現在深實實跟我加起來有兩票呢——還有誰——？」

日南偷瞄了我一下……原來如此啊。

「我也投這邊一票。」

「喂，太奸詐了吧！」

看得出中村心有不甘但他還是開朗地喝倒采。氣氛已經被日南主導了。所以接下來就是。

「來。」

她小聲地這麼說，看向夏林同學那邊。

「……」

夏林同學不發一語地舉起手來。

「好，有四票！笑點很怪的是修二喔！」

「中中辛苦啦！」

日南與七海帶有關愛的回應，讓他知道下不了台的是他。

「既然是多數決就沒辦法囉。」

中村皺著眉頭不過還是用嬉鬧的語氣說話。

「那就等你再較量一次囉！也跟友崎同學再比一次 AttaFami 嘛！」

這句話讓教室裡所有人都大笑出來。這是怎樣。禁忌整個變成笑點了。這是怎樣啊。

「我知道啦！你給我等著啊，友崎。」

他以演戲一樣的說話方式與表情看向我這裡。以這種形式跟人確切四目交接的話看起來就像是對方真的在生氣一樣，真可怕。我果然還是不擅長跟人眼對眼啊。

「喔，喔，我求之不得呢。」

差不多這時候家政老師來了。完美的時間點。

該不會連這都在計算之中……再怎麼說都不可能吧。

「剛才謝謝啦，葵～妳好帥喔！」

「啊哈哈，謝謝妳，花火。」

課上完後，中村一離開教室，夏林同學就馬上跑到日南那邊並且抱上去。

「我差點又要破壞氣氛了。」

「我就想是那樣。花火想到什麼都會馬上寫在臉上嘛。」

這麼說的日南，摸摸已經抱上去的夏林同學的頭安慰她。只看這個畫面的話會令人露出微笑，不過差點又要破壞氣氛的說法可是別有深意啊。這時七海同學說著「小玉也辛苦了～！妳很努力了喔！」之類的話，像在模仿夏林同學般順勢跑了過去。

然後她就這樣連日南一起，從後面抱上夏林同學。

抱住日南的夏林同學，以及從後面把夏林同學抱住的七海同學。遭到兩名美女夾在中間的小巧玲瓏可愛少女，處於所謂花朵盛開的女高中生三明治狀態。

「喂！不要擅自抱過來啦！」

夏林同學雖然像是以高人一等的態度在訓誡人，不過七海同學一點也不在意。

「很厲害喔～！我來好好讚賞妳一下！」

這麼說著的七海同學用雙手搔起夏林同學的腦袋，在她的手被夏林同學無言地撇開之後，就那樣流暢地順勢把夏林同學耳邊的頭髮撥起來，接著竟然用嘴脣直接叼住耳朵。

「呀!?」

看見這種反應的七海同學露出微笑樂到不行，她那細長的白色手指，從被叼住的耳朵對側的脖子根部迅速地滑到耳邊。似乎是看準了夏林同學身體一抖的時刻，同時輕舔夏林同學的耳朵。夏林同學身體顫抖的幅度變得更大了。

「喂，深深……！這個……啊！好癢……啊！」

一邊吐出像是無法忍耐一般的聲音，夏林同學一邊緊緊抱住日南。七海同學則是眼睛瞇起一半，臉頰泛起紅潮，表情陶醉地「哈啊」一聲喘出溫熱的吐息。

「好了啦深實實，玩過頭了。」

日南以傻眼的語氣溫柔地敲了她的頭一下。七海同學則是維持著陶醉的表情看向日南，然後張嘴一笑。日南微微地向後退，但因為被夏林同學抱住所以沒辦法退多少。應該是發覺到這情形，夏林同學雖然放開日南，但是為時已晚，看來七海同學已經進入了可以進攻的距離。

「嗯……？葵也會說這種話啊——？」

雖然說話的方式跟之前一樣很開朗，卻帶點像要惡作劇，有成熟韻味的氣氛。

「嘿。」

「唔啊!?」

七海同學輕輕地戳了日南的右側腹。日南發出了從她至今為止的模樣難以想像的嬌豔聲音。七海同學就這樣讓食指與中指像是在走路一樣，從側腹朝著腋下接連往上戳、戳、戳。手法像是要慢慢地讓日南焦躁起來般。

「葵的弱點就在這裡吧？」

「喂……！深實實……！」

忍受不住而夾緊兩腋，日南想趕走爬上來的手。然後七海同學就像是抓準這個空隙一樣離開夏林同學，咻地一下轉身到日南的後方。接下來她的右手就從日南腰部一帶往前繞，從日南的襯衫與裙子的間隙把手伸進左側腹那一帶。再仔細一看，她的左手已經溫柔地托起日南的下巴，食指正觸碰著唇瓣。同時也以左手肘奪去了日南左手臂的自由。這是什麼招式啊。

「咦，什麼？妳說了什麼啊？葵～？」

七海同學此時先暫停了一下動作，以吐息會撲到日南臉頰上的距離如此細語。

「就叫妳、住手，呀!?」

日南開始說話的時候，七海同學直接觸碰她側腹的右手就轉了個圈，動作像是在畫圓一般。因為是在日南開始說話的時候做的動作所以讓日南大聲地叫了出來。包括我在內的吃不開的男生們一邊裝作面無表情、一邊觀望著此情此景。

「什麼啊？再說一次看看？」

「給我……差不多一點……」日南一邊說一邊將還能自由行動的右臂從手肘彎曲，並稍微往前移。這就是那招吧。是肘擊的預備動作。

「欸♡」

「嗯!?」

撫著嘴唇的左手不知道什麼時候，以像要抱住日南的態勢伸進了右邊的腋下。中招的日南很快把腋下夾緊，讓肘擊失敗了。七海同學就這樣連脖子一起把臉繞到前方，用會令人思索她是不是要親上去的距離靠近日南的臉，然後一臉滿足地說了「真可惜♡」。是淫靡的笑容啊……然後日南不知道是想到了什麼，也把臉面向七海同學那邊。接著兩人互相注視。兩人的眼瞳都潤溼著。咦，這是怎樣這是怎樣。

日南就保持這樣，讓她的唇靠近七海同學的唇瓣。咦？真的假的？然後到了要碰不碰的極近距離，日南微微地把嘴唇張開一點點。七海同學也像在呼應她一樣，緩緩地張開嘴唇。兩方愈來愈接近。然後——

呼——

「呼啊!?」

日南往七海同學的嘴裡用力地吹氣進去。防不住這預料外的攻勢，七海同學解開對日南的拘束，就這麼往後退了幾步。七海同學一邊以指腹按著嘴唇，一邊露出像是不甘心又像是樂在其中，笑容滿足地看向日南同學。臉頰紅起來了。

「……嗯——果然還是贏不過葵啊。」

日南則是露出傻眼的表情，然後以有點孩子氣的口吻這麼說。

「真是的，深實實真的很笨耶！這樣妳沒轍了吧？」

「嗯——該說沒輸了嗎……」以水汪汪的眼睛由下往上看。「應該說我下次可不會輸，之類的吧？」

這麼說著的七海同學像在嬉鬧一樣伸出舌頭輕舔嘴脣，然後輕快地拋了個媚眼。

「喂！什麼『之類的吧？』！不能再性騷擾了！」

夏林同學俐落地將手指指向斜上方並朝向七海同學，同時這麼說著。

「啊、哈、哈，妳還是一樣很黏葵呢。」

「跟這個沒關係！」然後把眼神別開。「……剛才的事，也謝謝深深喔。」

夏林同學突然以認真的語調這麼說，露出了率直的眼光。

「……謝什麼？我什麼都沒有做喔～」

「真是的！別這樣回我！總之妳就坦率地接受我的感謝！」

「咦——？小玉有時候也會說難懂的事啊……啊！只限小玉喔！（註7）」

七海同學雖然是在嬉鬧，不過看來果然是別有深意的對話啊。說謝謝七海同學，是不是因為剛才七海同學的一舉一動一直都是開朗歡樂的呢。如果是說這個的話，剛才那的確是幫了大忙。

應該是因為如同百合樂園般的光景結束了的關係，男性觀眾們默默地離開。我

註7　原文「玉（たま）」與「有時候（たまに）」發音相似，這邊深奈實是剛好說了諧音冷笑話。

一開始也想說要混進去一起走，不過重新想了一下又走向她們三人那邊。畢竟我是其中一名當事人，日南也在的話比較容易相處，重點是這樣子感覺能更接近目標。

「啊——日南……同學，剛才謝謝妳啦——幫了很大的忙。」

日南以不會讓人覺得是職業微笑的自然笑容聽進我說的話。她是有雙重人格喔。

「沒什麼啦！比起這個，友崎同學你意外地很有意思呢。我在後面聽也是笑出來了。」

語調像個女孩子一樣讓我想要笑出來。

「沒有啦，我只是把心裡想的事情原封不動地說出來而已……」

「看來是這樣。」

「啊哈哈哈哈！又在說這種的！」

日南露出微笑，她身邊的七海同學則是爆笑。

「七海同學笑過頭了啦。」

「啊，抱歉抱歉……話說回來，叫我深實實就行了啦。」

「咦……」

「七海同學這種說法，大概也只剩下老師會喊了呢！」

日南補了這句。這是在命令我要那樣稱呼吧。也沒差吧，總比直接叫名字好。

「呃——我知道了，就叫妳深實實。」

「多多關照囉，友崎！」

「花火要他怎麼叫呢？」

「怎樣都可以喔？」

「那就……小玉？」日南如此提案。

「葵!?」夏林同學擺出一張嚇一跳的表情面向日南。

「啊哈哈哈！這樣不錯啊！友崎，我跟小玉是你的同伴囉！」

「呃……小玉？不過為什麼呢？明明是夏林花火？」

「我說啊——你想想，放煙火的時候不是都會說玉屋之類的嗎？（註8）所以才這樣叫！還有因為很可愛！」

七海同……深實實興奮地如此說明。

「對對對！叫小玉不錯啊！」

「葵也背叛了!?」

這也是命令吧。雖然門檻有點高，不過，總是比直接叫名字好。

「呃——那就叫，小……玉玉？」

「啊哈哈哈！這樣叫起來真的像動物的名字了！」

「不要拿別人的名字來玩！」

註8　「花火」即日文中的「煙火」，而「玉屋」為江戶時代知名的煙火專賣店之一，後來演變成日本人放煙火時會喊的詞。

「呃──那要怎麼叫……？」

我陷入了混亂。然後小玉玉連思考的動作也沒有。

「可以啊，叫我小玉玉……反正都習慣了。」

表情看起來不像覺得討厭，不如說是不符合現狀的率直表情。在這種有點嬉鬧的氣氛中擺出這種表情讓我覺得不可思議，不過，這看起來倒不像是在說謊。

「……那麼，呃──我就叫妳小玉玉……請多關照。」

「不用一直說要多關照啦！」

「哈哈哈。」奇怪的女孩。

然後我們這四個人，在換教室的一、兩分鐘的移動中，總算是在途中有交談的情況下撐了過去。不過全都是靠日南硬把我們拉在一起就是了。順帶一提，『深深』這稱呼的由來似乎只是因為『深實實』不太好唸而已。

──就這樣，比想像中還激烈不少的第一天結束了。

在放學後的第二服裝室等待的時候，沒多久日南就過來了。

「……嗨。」

「你好。那我們就盡快開始吧。」

「啊，好。」

是以比想像中嚴肅的感覺起頭而讓我有點緊張。

「……首先，恭喜你完全達成任務。」

被表揚了。

「謝、謝謝。」

「雖然實際上是有不知道該說是你搭話，還是對方向你搭話之類的問題，不過比起基本額度的三人還多了一人，總共跟四個人說上話了，就從寬看待吧。」

「啊，那真是太好了，這點我挺不安的啊。」

事實上四個人裡頭畢竟有三個人不是我主動搭話的。

「那，覺得怎樣？實際試一試的感想。」

「感想是指？」

「什麼都可以喔，最有印象的事是什麼？」

「不，發生的事實在太多了……」我抱頭思索。「不過要說的話，最有印象的是……家政教室的……AttaFami 的事吧。」

「AttaFami 的事？」

「就那個，妳在班上的大家都在看的時候，說出中村 AttaFami 打輸了的事啊。」

「啊，那個喔。」日南露出苦笑。

「而且還拿來當笑點。那讓我嚇了一跳。」

「哎，現在畢竟是反省會，是想談你做了些什麼而不是聊我這邊……」

「啊，說得也是。」

「沒關係。那也是總有一天必須要做的喔。」

「必須？」

「對。中村他對於輸給你的這件事，看起來真的是耿耿於懷。不知道該說是不想讓人碰觸，還是該說成他的黑歷史……他是真的輸得很慘吧？」

「這個嘛……是輸得一塌糊塗。」

「果然。」又露出苦笑。

「那樣很糟嗎？」

「也沒有什麼糟不糟的。只是說，周遭的人都把那件事當成疙瘩而不去提及的態度很糟。就因為那樣，像是輸給你的不甘心，還有學校裡每個人都不去提的尷尬氣氛之類的，沒有地方宣洩的感情就無處可去，而在中村的心裡頭累積。」

「原來是那樣啊。」

「對，然後時間愈過愈久就會累積得愈來愈多，就像氣球一樣漲得滿滿的。所以，其他人就更沒辦法去提起那件事了。至少我看起來是這樣。」

「原來如此。」

「那樣的話，中村對你的態度就會愈來愈尖銳，要把氣球裡的空氣抽出來就更難了。畢竟中村是班上的中心人物，他對你的態度尖銳的話，你的立場就站不穩了。畢竟你是以現充為目標，要是陷入那種情形就糟了。所以才必須趁早拿針去戳氣球，讓他爆炸開來。」

「爆炸？」

「對。只是輕輕戳一下，在大家面前說出那件事，並且轉成笑點而已。」

轉成笑點……說起來很容易，但是……

「要那麼做並不容易吧。」

「對，是沒錯。要說的話，技術上並沒有那麼困難，不過不是我的話應該也辦不到吧。」然後露出微笑。「因為沒有去做的勇氣。」

「原、原來如此……」討厭啦這個人有點可怕。

「嗯，我這次做的事就是那樣。我想中村的態度應該也會軟化一點。」

沒想到，她那麼顯眼的行動背後竟然有那麼多的考量。

「好，那就先言歸正傳。今天，你對自己的行動最有印象的是什麼？」

自己的啊。

「嗯——應該是我自己對話的時候真的很不會變通。」

「變通是指？」

「應該怎麼講呢？像是會為了炒熱氣氛而說一些適合的話之類的。」

「原來如此啊……不過，在家政教室的時候，看起來不是聊得很開嗎？讓我有一點驚訝喔。」

「啊……那並不是那樣。」

「不是那樣？」

「那只是，我把自己腦裡在想的東西原封不動地說出來，然後偶然戳到她們的點而已。所以，並不是像在交流的那種感覺。」

「照實傳達心裡頭所想的事，不就是在交流了嗎？」

像是在推測一般的眼神。

「嗯……」

「你搞錯了一件事喔。」

「咦？」

「聽好囉？所謂的對話本來就是互相『把自己腦袋裡所想的東西』傳達給對方的行為。」

「咦，那樣的話……感覺不就變成兩邊都自顧自地把個人主張推到對方身上了嗎？」

不是互相尊重對方的意見，並且感同身受才叫作對話嗎？像深實實那樣子。

「不是耶。或許你以為是考量對方的想法，並且去配合而感同身受才叫作對話，不過那並不是對話的本質。」

就像這傢伙說的一樣，我的確是覺得有配合跟感同身受才是在對話。

因為，世上的大人們、同學們，每個人都是這麼做的。至少我看見的是這樣。而我就是不擅長那麼做，才會在哪裡都覺得活得很痛苦。

「不對嗎？」

「不對。的確啦，不去理會對方所說的話，毫無關聯地只去說自己心裡想的東西，是只顧自己的行為。不過，這次並不是那樣吧？」

呃——？

「不是那樣嗎？」

「嗯，你這麼說明了啊，說聽了深實實說的話之後覺得『現在的年輕人感同身受的能力真強啊』，所以就把這番話傳達出去了。也就是說，你有好好地聽進對方的話，並且以自己的方式做思考吧。這樣的話，就沒有只顧自己了。」

「嗯……是這樣嗎？」

「確實，無論如何只要去配合跟感同身受就可以圓滑處理的狀況也很多。不過呢，人類的直覺意外地敏銳呢。那種人總有一天會被看穿的。所以以長期的眼光來看，能夠得到最後信賴的，並不是聽了對方說的話就先配合的人，而是聽了之後自己先想過一次，然後再把想到的答案直接傳達給對方的那種人。而且，你已經做到了那樣的事。可是有很多人因為自己沒辦法像你那樣而苦惱的喔。」

「原、原來如此。」

好像聽懂了又好像沒聽懂。

「所以啊，這次你的實踐行為，在這方面以第一次實行來說可是大成功喔。」

真的假的。大成功，被說成這樣還真令人開心。

「不過，其他的部分就不太行呢。沒半點好的。菊池同學那件事真的糟透了。你要跟她借面紙而她也借你了，結果你口罩底下還在笑，再加上擤鼻水的樣子也不遮一下就給人家看，這是糟透再疊上慘兮兮。要你沉到地底都還不夠呢。」

「日南同學……糖果與鞭子的鞭子打得太重了……」

「你在說什麼啊，還不只那件事呢。你啊，在家政教室的時候沒等我到就去搭話了吧。我有說過吧？一定要我在的時候才可以搭話。」

「不，那是因為……」

「聽好囉？這次中村突然闖進來的事是因為我比他先到所以你才會得救，要是順序倒過來的話，你知道會怎樣嗎？說不定會演變成讓花火生氣的情形，你也可能會變成大家的笑柄之類的。弄成那樣的話離達成目標可是遠上加遠喔。」

「抱、抱歉……所以，呃，也就是說，要我在日南在的時候才能行動，就是因為可以在我陷入危機的時候幫我一把嗎？」

「這是當然的啊。如果只是想知道你有沒有做好的話，也可以之後再問被你搭話的女孩子本人，不然也有其他的辦法。」

「日、日南……」

好溫柔……

「欸，你該不會覺得，我不會擔心你之類的吧？既然都決定要努力達成目標了，要是因為那種事而前功盡棄的話只會造成困擾喔。」

「啊，說得也對喔。」

「而且，我也不是單純為了幫你而已。你搭話的時候女孩子的第一反應、接下來的對話的氣氛、你的對話技術，我是想要好好觀察這些之後再決定今後的方針。看是之後要朝跟誰拉近關係的方向努力，或者要做什麼練習之類的。」

「竟、竟然想到這種地步啊。」

「這是理所當然的吧。要挑戰頭目的時候，不看對方的能力來確認自己的等級適不適合就上場的話，就不會贏了吧？」

「那……」我打從心底說。「的的確確是妳說的那樣。」

……真的是，一變成遊戲的話題的話，不管怎樣都會覺得合拍。

「好啦，接下來要說今後的方針……你先把口罩拿下來一下。」

「嗯，好。」因為她這麼說我就拿下來了。滿臉的笑容完全展露出來。

「你先把表情變回平常的樣子看看。」

因為她這麼說我就把表情變回來。

「嗯，原來如此，果然一直有在做就有效果呢。」

「咦？」

「來，看得出來嗎？」

「啊──」

她把隨身鏡伸過來之後我有點嚇了一跳。雖然我是打算變回平常的狀態，不過嘴角比她上一次突然拿鏡子照我的時候，看來真的是有比較緊致一點了。

「兩天多就產生變化了呢。看來你有好好在做，很了不起喔。」

「啊，畢竟妳說要一直做了嘛。」

「嗯……這樣就沒問題了。之後沒有一直做也沒關係。跟人對話的時候，或者累的時候放鬆表情也沒關係。口罩也是在其他人面前就可以拿下來。不過，要偶爾照鏡子確認一下嘴角，記住要讓嘴角自然縮緊的話要施多少力，並且練成能夠一直保持那樣的狀態。如果能夠無意識地讓嘴角保持縮緊的話，這個訓練就結束囉。」

「哦，是這樣啊！瞭解了！」

原來這樣子也有在進步啊。好，那我就每天這麼做吧。

「……全部就這樣吧。你還有其他在意的事嗎？」

「我想想……關於夏林同……小玉玉那個時候……該怎麼說，樣子不太對勁。」

「……啊，那個喔。」日南的表情變得有點凝重。

「呃，如果是不方便說的事就沒──」

「應該說她非常地頑固……或者說是直率吧。」

打斷我的話，日南保持凝重的表情而繼續說下去。

「她不會因為當場的氣氛是怎樣就去配合，只會做自己心裡想做的事情。」

「咦……最近很少有這種人了耶。」

「正是如此。所以跟她要好的朋友會喜歡她那種個性，我也很喜歡她那樣，不過好像也有跟她合不來的人呢。」

「嗯，我想也是。」畢竟她那樣也不太像最近的年輕人啊。

「所以，尤其是像中村那種會引導當下氣氛的人，或者會主動跟別人交流的那種人，就會跟她很合不來。」

啊——

「原來如此。應該是那樣。」

「然後，有幾次就稍微……吵起架來了。花火自己似乎也因為那樣而造成了心靈創傷，覺得自己有責任。但是中村依然是老樣子，還是會拚命想辦法讓那麼頑固的花火順從他一次看看。雖然那應該只是自尊之類的，像是堅持一樣的東西而沒有惡意……不過這只是我的看法就是了。」

「啊——但如果真的是那樣的話……不就非常難搞了嗎？」

我這麼一說之後——

「就是這樣啊！如果我在的話就能像今天那樣想辦法處理，不過對手是中村的話，我以外的人就很難去應付。如果我不在的話說不定又會讓花火造成心靈創傷。不過我也沒辦法一直待在花火身邊……所以啊，很難處理呢。」

日南稀奇地，以這種多少透露感情的語氣說了這些話。

「……妳也會有不管怎樣都處理不來的事情啊。我以為妳什麼都做得到的說。」

我沒多加思索就說出這句話，然後日南露出了我以前曾看過的帶有憂愁的表情，輕聲說了「我啊，什麼事情都做不到喔。」

「咦？」

「……你以為我會這麼說嗎？我根本就沒有什麼辦不到的事。總有一天，花火的事我也會解決的。」

「這、這樣啊？」

日南換回了平常那張自信滿滿的表情……剛才是開玩笑？還真是無謂地浪費演技。

「不過，就算跟她說要好好地圓融處世……小、小玉玉應該也聽不進去吧。」

「對啊……而且，她並不想要那麼做。能把心裡赤裸裸的想法直接轉為言語而說出來的人很稀有。」

「是啊，那種人真的沒多少。」

「花火就是因為內心一直都是赤裸裸的，心裡的防禦力也很低。所以，要是沒人成為她的鎧甲，或者把射向她的攻擊矛頭撇開的話，她的內心馬上就會千瘡百孔了……總之，花火的事差不多就是這樣了。」

「原來如此。」

我一邊佩服一邊點頭的時候，日南突然說出「所以，她說不定意外地跟你很合得來呢。」這樣的話。

「咦？是這樣嗎？為什麼？」

「……就先這樣吧。總之，你就把今天發生的事跟學到的事，花一個晚上以自己的方式好好想一想。如果只依照指示的話，成長的速度就太慢了，要有辦法自己吸收。可以吧？」

「嗯，好，我知道了。」

「那麼，今天這樣可以結束了吧？」

好的。聽了我這句肯定的話語之後，日南就對我下達離開第二服裝室的指示。日南之後也會隔一段時間再離開，踏上回家的路程。我沒有異議地踏上歸途……後來才發覺。這種事是不是女士優先會比較好呢，以現充的角度來看的話。看來我還差得遠啊。

＊　＊　＊

睡前的床鋪上。雖然要我以自己的方式去想一想，不過應該從哪裡開始想才好啊。說真的，跟所謂人際關係有關的東西，以我的經驗值來說，真的是壓倒性地不足，要我只靠這次的經驗想辦法做出日南以上的正確分析的話，我也只能夾起尾巴逃跑。總之這次我所感受到的，頂多只有在名為群體的戰場上所謂「氣氛」這種看不見的怪物，比我想像中還要張牙舞爪。而且該怎麼跟那種叫作氣氛的東西戰鬥，我也一點頭緒都沒有，更何況我連用戰鬥這種詞彙來比喻都不知道合不合適。我頂多只知道，養育那種看不見的怪物養得很拿手的日南與中村那樣的馴獸師，正支配著名為群體的戰場。日南與中村在圓形的鬥技場上對峙，讓兩人中間的巨大異形怪物互相使出擅長的武器而想要吞噬對手。中村是用鞭子，日南則是斗篷。像這樣的畫面浮現在腦海裡。兩邊都不直接出手，頂多是以氣氛殺過去。我有辦法在那種地方戰鬥嗎？至少我沒辦法幻想出那種形象。我像這樣想著這些東西，然後便睡著結束這一天。

──附帶一提，從日南傳來的『晚上七點半先贏五次的勝利』這種文面上不帶感情的電郵起頭的朋友對戰，後來以我連贏五次的形式落幕了。她還差得遠咧。

3　一個人去狩獵後發覺打一隻怪的經驗值高得讓人嚇一跳

「今天起連姿勢也要矯正了喔。」

隔天早上日南的指令就從這裡開始。

「姿勢？」

「對，就是姿勢。還記得吧？之前說過外表最重要的就是表情、體格，還有姿勢。」

「嗯，我還記得。」

是在日南的房間裡談話的時候所說的。

「只要這三項能想辦法做好的話，基本功就結束囉。你的體格多少還算是標準程度，所以只要矯正好表情跟姿勢就有及格分了。畢竟有用口罩訓練法設法在表情上下功夫，接下來就只剩姿勢了。」

意外地離終點滿近的。

「不過，姿勢這方面，應該怎麼做才好？說起來，我的姿勢真的有那麼差嗎？」

「嗯，要說差是差沒錯……但與其這麼說，不如說世人大部分都是擺得很差的姿勢喔。」

「啊，是這樣嗎？那就是說，只要在人群中擺出比較好的姿勢，就會比較顯眼嗎？」

「這個嘛，只能說一半正確一半不正確吧。」

「一半？」

「不好的姿勢也有很多種呢。」

日南一邊這麼講一邊兩腳外八並彎起膝蓋，仰起脖子，並且大幅度地擺動肩膀而走了起來。

「這也是不好的姿勢，不過會帶給人壓迫感吧。雖然並不是最佳姿勢，卻是屬於現充那一方的。」

「有點像小混混呢，也感受得到強勁。」

「對。然後這樣子是……」

這次是駝起背脊，讓脖子往前伸，肩膀往內側縮起而走了起來。

「這也是不好的姿勢。不過這樣子會給人看起來很虛弱的印象吧。」

「啊——確實是像阿宅或者文系的人。」

看起來感覺就不太能運動的樣子。姿勢真的是能夠大幅變化的啊，而且她還真有辦法重現那些模樣。

「也就是說，大致上每個人的姿勢都不太好，不過不是現充的人們很多都是在不好的姿勢中，又擺著看起來比較虛弱的那一種姿勢喔。」

「是這樣嗎？為什麼啊？」

「我想想。這方面可以想得到很多的理由。比如說非現充因為常常打電腦或玩遊戲所以姿勢容易變成那樣之類的。」

「原來如此。」

「不過，最大的原因恐怕不是那個。是心靈與身體的問題。」

「心靈與身體？」

「對，那你就試試看，誇張地挺起胸來，兩手再放到腰邊擺出很了不起的姿勢如何？」

「這、這樣嗎？」

我沉穩地擺出那姿勢給她看。

「……怎樣？只是換了個姿勢而已，有沒有覺得自己稍微得意起來了？」

「……真的耶。」確實，一挺胸擺個很了不起的姿勢，就比之前更有一點點自信，或者說是我要以我的方式走下去的心情變比較強烈了。「……不，這不會是因為妳對我那麼說了，才讓我有這種感受嗎？」

「的確多少會那樣啦。不過，就像一緊張就會兩臂環胸，或者一放鬆腿就會張開、肩膀就會放鬆之類的，心靈與身體可是密切連結在一起的喔。反過來說，悲傷的時候如果只讓表情保持笑容，實際上就能沖淡悲傷情緒的說法也很有名吧？」

「啊——嗯，是會這樣說。」

「身體強勢行動的話，心靈也會強勢行動。反過來，心靈消沉的話，身體也會隨著消沉下去。並不是哪一方一定會先主導，而是套在一起行動的。所以，現充就是因為心靈是現充，而讓姿勢也自然地就像現充一樣。」

「原來如此啊。」

「嗯，所以……」這樣說的日南，擺出挺直身子讓身材看起來不錯，同時也沒有壓迫感，再加上讓人感受到自信一類的成熟氣場的姿勢走了起來。

「沒必要把姿勢做到這種地步。應該說，這真的不是一朝一夕就有辦法改善的問題。像是骨盆的歪曲或者肌肉的習慣之類的問題，不耗費很長的一段時間去矯正的話就沒辦法做到這樣。不過你並沒有去做那些事的閒功夫。也沒必要就是了。」

好厲害。這傢伙真的什麼都辦得到啊。

「那，我該怎麼做才好？」

「只要去除你那種感覺很虛弱的氛圍就行了。」

日南指著我的胸部一帶。

「這方面有簡單的矯正方法……來這邊。」

「……要怎麼做？」

我一邊說出「咦？」一邊聽她的話。

「腰跟肩膀靠到牆上。然後，兩邊腳跟貼在一起，再讓腳尖朝左右張開。」

我照她說的做。

「有發覺嗎？現在你屁股的肌肉有在施力。」

「嗯？啊，的確有耶。真的。」

我意識到的時候就發覺到自然地施了許多力氣在臀部上，當我這麼想的時候，日南那張認真的臉龐朝著靠在牆邊的我靠近。咦，是怎樣，在極近的距離有著一張實在有夠端正的女孩子的臉。不過我背後是牆壁所以沒辦法後退啊。這種帶有高級感與清潔感的香氣是洗髮精的嗎？然後日南緩緩地朝我這裡伸手。

「嗯，還不錯呢。」說著這樣的話的同時碰了我的屁股。

「唔喔喔喔!?什、什、什麼！」

「確認一下啊。可不可以不要只是碰個屁股就這麼吵啊？你是男人吧？」

「不！問題不在這！」

是說妳就別這樣了吧，對心臟很不好耶！這不就莫名地讓人覺得很熱了嗎！

「……你那什麼臉？不過，感覺還不錯喔。那接下來就維持這種屁股的施力方式，讓腳尖跟腳跟回到普通的狀態。然後保持那樣，讓肩膀跟腰貼到牆上。屁股的施力不能變喔。」

她就這樣，像什麼事都沒發生一樣地對我下達指示。我慌慌張張地遵從。

「這、這樣子可以嗎？」

「可以……好，有發覺嗎？你現在的樣子比剛才還威風。」

……的確有。我一意識到的時候就已經這樣了。

「真的耶。」

「你就這樣離開牆壁……這樣子你的姿勢看起來就不會虛弱了……嗯，姿勢有對。」

日南稍微遠離我，觀看全身上下而這麼說。真的嗎？

「這個，很普通卻很難啊。」

「是啊。因為用到了平常沒在用的肌肉。不過從現在開始，站著的時候要一直保持這樣的狀態。可以的話，坐著的時候也要挺胸，屁股的肌肉也得施力。總之，姿勢像你那樣的人，很多都是沒有挺胸，屁股的肌肉也很鬆弛。所以，要讓隨時隨地挺起胸膛，還有對屁股施力變成一種習慣。」

「又是『隨時隨地』嗎？」

「這是當然的啊。現在在做的是創造角色的階段喔，要在基礎能力上下功夫。如果沒辦法一直保持那種狀態的話就不能說是基礎能力了吧？」

說起來倒是沒錯啊。

「我知道了。所以，今天要做的事就只有這個……應該不只這樣吧？」

「當然。你得一邊那麼做，一邊做另一件事。」

果然沒有那麼容易啊。

「要做什麼才行？」

「這次的難易度並不怎麼高。只需要在一天內跟我一起行動幾次，並且跟深實實、花火，或者其他跟我要好的男生說上幾次話。」
只需要說話嗎？講得還真輕鬆呢。
「嗯，因為妳也在所以比昨天簡單吧。」
「沒錯。而且，這週直到週五都是拿這個當課題喔。」
「連續四天都一樣啊。」
「對。」
是要做好做滿吧。瞭解。
「不過啊，那麼做的時候我該學什麼才好呢？」
如果不理解這點的話效率應該會挺差的。
「咦，變得滿積極的嘛。這是好傾向。」
「多謝誇獎。」
「嗯，那很簡單。就是賺取經驗值。」
「賺取經驗值？」
「對。你想想，這種情況很常見吧？玩RPG的時候，序盤會有非常強大的角色暫時成為夥伴，並且與強大的敵人戰鬥之類的事件。然後那個角色就會離開隊伍，可能會變成終盤的重要角色，也可能會再次加入隊伍之中。到了那個時候，主角群也已經都變成跟那個角色一樣強大。同時也讓人覺得『啊，有成長了呢』這樣。」
這傢伙每次講到遊戲的時候看起來都很開心。

「啊，有時候會有呢。偶爾還會想說『為什麼那個角色就沒有成長！』。」

「對對對！」日南以雀躍的聲音回覆，然後咳了一聲清喉嚨。「……總之，就像那個一樣。你就暫時跟我組成一隊，跟強大的敵人戰鬥。用這種方式賺取經驗值。」

「原來如此。」

平均戰力、提高勝率而提升等級啊。

「同時也要收集資訊喔。ＲＰＧ也是先跟頭目打一次之後，就能搞清楚對手的行動模式，並且得知下次再戰的時候該怎麼做吧？像是知道弱點、給予我方的損傷量之類的。這樣的話，就知道下次要怎麼進攻，還有該在什麼時候回血回魔了。」

「是沒錯。」

「要做的事就是這種感覺喔。要讓你想辦法邊看邊學實際上的對話流程。」

要學啊。這樣下去的話，總覺得會在沒辦法理解的狀態下讓對話不停流逝。

「含糊地看跟思考就可以了嗎？沒有什麼必須要看的重點之類的嗎？」

日南稍微思索了一下。

「說得也是……那麼，我想這四天會對話的人大概有二十人左右，你就盡力分析那些對話吧。」

「分析？」說起來二十人可真猛啊。

「對，像是對話的傳遞方式、拉近距離的方式那些，跟對話有關的各式各樣的做法，你要用自己的方式盡力去思索喔。」

「原來如此……分析啊。」

雖然不知道能不能做得到，不過就先試試看再說吧。

「還有……我不覺得我有辦法突然跟不認識的人開始對話，這點怎麼辦？」

「啊，那種情況不插話也沒關係。」

「咦？」

「因為這次的目的是進行觀察。總之，我會在不讓人覺得不自然的程度上下點功夫的，你就安心地觀察吧。」

看來是交給她處理就沒問題……應該是這樣吧。

「差不多就這些。那麼，今天放學後我會叫你一聲，你就做個自習之類的等一下吧。」

「放學後？今天要做什麼啊？」我這麼問之後，日南就像理所當然地這麼回答。

「要找深實實跟花火，還有幾個男生一起走到車站那邊，你也得參與喔。」

「咦!?」

不是只有稍微對話，一下子就要衝到一起回家喔!?

＊　＊　＊

「對啊——深實實不知道喔？」

「不知道啊～咦，該不會大家都知道吧？」

「嗯，我知道喔。」

「啊，葵一定知道的吧。」

「我也知道喔。」

回家的路上。畫在後面黑板上那個很不錯的圖，其實是現在在這裡的松本大地畫的。大家聊著這一類的話題聊得很開。另外在這裡的男生還有橋口恭也。當然，我處於被當作外人的狀況。不過。

「友崎同學呢？」

日南會像這樣子，隨時把話題轉到我這邊來。

「呃——之前我有看到他在畫的樣子所以我知道喔。」

「咦！友崎都知道了我卻不知道!?」

「這樣講真失禮！啊哈哈。」

話題會以這種方式稍微擴展，然後又換另一個人講話，像這樣的流程已經變成固定模式。對於日南所傳過來的球，我想辦法做到至少不會糟蹋掉的最低限度，平平安安地接起來再往上托出去。總之只要球不掉到地上，不管飛到多扯的地方去，日南都有辦法在下一擊把球打回對方的場地內。就是這樣的感覺。

所以我現在才有辦法安心地觀察這段對話。說是這樣說，因為我完全是門外漢的關係，所以大概也沒做到什麼深刻的觀察吧。

「……對吧～唉——真的很累人啊。」

「你昨天開始就在累了吧，大地。」

「啊——我有稍微在做肌肉訓練啊——」

「咦——！」

接下來是深實實在男生之間關於肌肉訓練的對話中附和的樣子。不過深實實還真厲害，不但會開啟話題也會擴展別人的話題，而且還會大笑出來炒熱氣氛。這樣的人就是人家常說的天真開朗的孩子吧。我也覺得不從她身上偷個幾招是不行的。畢竟我沒辦法開啟新的話題，所以覺得至少要試著去擴展其他人說的話題看看。

「咦——你鍛鍊哪裡啊？」

「已經算全身了。手臂、胸肌、腹肌、背肌還有腳都有在練。」

「好猛。」

「啊，那麼……」

我出其不意地插嘴。我覺得要插話只能在這一刻了！日南的眉毛動了一下並往我這邊看。奇怪？這樣不好嗎？不過已經沒辦法回頭了啊。只能給他試下去了。

「也有在練屁股的肌肉之類的嗎？」

名為「屁股？」的氣氛裹住了在場的大家。

＊＊＊

「昨天真的非常對不起！」

隔天早上。第二服裝室。我看到日南的臉的一瞬間就馬上謝罪。

「……屁股肌肉的事？」

「是的！真的是因為我擅自行動而讓氣氛變得很怪，實在非常抱歉！」

『屁股肌肉的事』實在太重大了，我這麼想而打從心底謝罪。

在那之後大地困惑地問我「咦？屁股的肌肉不會去鍛鍊吧？」，而散發出了「咦？什麼，是笑話嗎？什麼啊？」這樣的糟糕氣氛，不過日南她卻一點也不在乎地說「啊，我有時候會鍛鍊屁股喔～」而沒有釀成什麼大禍。後來就朝著「葵身材那麼好的祕訣是屁股的肌肉!?」這樣的方向發展，而我也乖巧地沒再多做什麼。

「抱歉，那真的是我多此一舉結果才會……」

「同一件事不用說那麼多次。而且我也沒有在意。」

「咦？」

「那是你自己努力思考而行動的結果吧？嗯，雖然結果是撲了個空，不過你努力嘗試的舉動就算有值得誇獎的地方，也沒有必要受到任何責備。對我來說是這樣。」

「日……日南……」

心胸還真寬大……

「重點是我給你的課題。要是你一直掛念做出奇怪舉動的事，而沒有確實做好課題的話我才會生氣呢。」

「啊，嗯。那個我算是有做啦。是說靠自己努力思考分析的事吧。」

「那就好，畢竟還有三天，那部分就等到最後再一次聽你說吧。那麼，今天講到這邊就可以了吧？」

「啊，稍微等一下。」

「嗯？還有什麼不瞭解的地方嗎？」

「不，不知道該說是不瞭解的地方……還是該說是事件。其實昨天回家路上有點……」

「……怎麼了？」

我稍微看了一下帶著警戒氣氛的日南就別開眼神，開始說出昨天發生的某件事。

＊　＊　＊

「掰啦——」「掰囉——」「明天見——」

包括我，總共有六個人從學校走到了車站，接下來就是各自搭上回家方向的電車。

「啊，電車來了，我搭這班。」「啊，我也是！掰啦——！」「掰掰——！」「明天見～」

就像這樣大家各自往該去的方向解散。日南跟我是反方向，搭上剛才的電車離開了。也就是說，接下來我必須在日南不在的情況下，跟搭同向電車的人們對話。

說是這麼說，日南也不是沒有顧慮到這點，而是說過「嗯，只是電車裡的十幾分鐘的話沒問題的。深實實與大地跟你搭車的方向一樣，所以他們兩個應該多少會跟你說上話才對。他們兩個都跟你在不同站下車，而且深實實也在啊。」這番話。彷彿理所當然地掌握在場所有人下車的車站這件事令我感到戰慄，同時也讓我覺得安心。

然後電車到了，進到車內。就像那傢伙說的一樣，因為那兩人如同社交能力的化身，在車內多少是有說上話。尤其是深實實會三不五時把話題傳到我這邊來，然後我拚命有一句沒一句地回應，深實實就會從中找出有趣的地方而自己笑起來。就像在家政教室那時一樣的感覺，並不會有被當成傻瓜嘲笑的感受。

所以我在深實實身上，感受到她在對話這方面有跟日南差不多厲害的實力。

然後我到了離我家最近的車站。這樣子今天的任務就結束了！我心裡這麼想著。

「啊，我要在這裡下車，那就先這樣。」

「啊，是這樣啊！我也是喔！好啦，一起回去囉～」

「咦!?」

同一站!?稍等一下這是怎麼回事啊日南同學？

「喔，那再見啦。友崎，你可別下手喔～？」

等一下！在這超乎預料的疑惑瞬間開這種不好笑的玩笑幹麼！

「不、不會，下、下、下、下手的啦！」

「慌成這副德行……這該不會就是，小女子我七海深奈實的貞操危機吧!?」

「啊哈哈哈哈哈！別鬧了，門要關起來囉，掰啦。」

我跟深實實一起走出電車。

「咦，深實實真的是要在這裡下車……」門關上了。「……真、真的是呢……」

「咦，沒錯啊？怎麼問這個？」

「啊，沒，該怎麼說呢……什麼都沒有。」

＊　＊　＊

「妳沒搞錯車站嗎？」

我一追問下去，日南就露出了納悶的表情。

「因為……深實實是在北與野站下吧？然後，你是在大宮所以應該不同站……」

「我也是北與野站下啊！」

「咦……？」日南發出這聲音後更加深思，然後帶著一副豁然開朗的表情而抬起臉。「……你顧慮到了沒必要特別在意的事呢……這在我的計算之外，沒想到我會弄成這樣……」

「妳是在說啥啊？」

「我之前有說過吧？要在最近的車站。」

「所以，是指什麼啊？」

「就是說，nanashi 跟 NO NAME 網聚的時候，我說過要在離你最近的車站會合啊！」

「……啊！」原來是這樣啊！當時我並沒有指定離我最近的車站，而是顧慮對方而選了交通比較方便的終點站。所以她誤以為那就是離我最近的車站……

「唉，就算後悔也不會有什麼結果。這件事我們就都付諸流水吧……那麼，後來怎樣了？」

「啊，嗯……」

我在受到催促的情況下，又開始把話說下去。

＊　＊　＊

出了車站走在道路上，我覺得自己緊張到連走路的方式都彆彆扭扭的。

「我們兩個是第一次好好聊呢——說起來，我們有話聊也就最近才開始的嘛！」

「對、對啊。」

「你在緊張什～麼啊！抬頭挺胸一點嘛，抬頭挺胸！」

我的背被拍了一下，是超過恰當的界線而非常大力地拍下去。

「好痛！太用力了啦！」

「咦～會～嗎～？」

深實實很有精神地咯咯咯笑出聲來，給人的印象比平常還要更加開朗。不知道是不是她以她的方式在關心我呢。

「真、真有精神啊，深實實……」

「對吧～？我可是打算只依靠精神跟笑容活下去的喔～」

「啊哈哈，該說那樣子很厲害……還是該說好像很累呢……」

「好像很累？」她看向我的臉。表情看起來是覺得不可思議。

「欸……因為啊，也有會無精打采或者沒辦法露出笑容的時候……不是嗎？」

深實實的眼睛眨了眨。

「你在說什麼啊！悲苦的時候更要露出笑臉啊！不那樣的話不就更悲苦了嗎！」

「啊——」日南也有說過那種話啊，身體跟心靈連結在一起之類的。「這樣說，的確，沒錯。姿勢或者表情開朗的話，內心也會一樣，之類的。」

「對對對！所以我覺得充滿精神並且露出笑容的話，一定會快樂起來的！」

哦，她的想法還真正面啊。我這樣想的時候同時也覺得，該怎麼說……其實就算沒有每天都那麼快樂也沒差吧。不，說不定是因為我每天都充滿太多不快樂的事情，所以那方面的感覺已經麻痺了，不過應該說，人類就算有很多不快樂的瞬間也沒關係，之類的。或者該說，好好保護自己的世界才比較重要吧。

我想著這些事的時候就持續著沉默。現在應該是輪到我說話的時候吧，嗯，也對。

「嗯，好像也不是那樣？不過啊，這種事會因人而異吧～」

「啊，抱歉，說、說得也是呢。」

氣氛瞬時變得尷尬。啊啊啊啊啊！對不起！陷入沉默之後對方都想辦法接話了，我的回應竟然還有講跟沒講一樣！這就是社交障礙的威望嗎！

「欸欸！我有點在意某件事，可以問一下嗎？」

不過深實實還是一副不覺得我那樣是失敗的樣子，帶著笑容給我新的話題。她果然很厲害。

「咦？什麼？」我這麼回覆之後，她的手就像麥克風一樣，靠近了我的嘴邊。

「就開門見山說了友崎選手！你跟葵之間的關係很可疑喔!?」

我像噴茶一般「噗──」的一下又咳了兩三聲嗆到！

「哦，果然很可疑呢～你那反應。到底是怎麼回事呢!?快說快說～！跟大姊姊說說看啊！嗯～？」

「不，什麼都沒有啦！」

「真的嗎～？總覺得你們莫名地有在使眼色的說～昨天你也是從一開始就把葵叫

成日南，直呼她的姓氏不是嗎～？」

……有這麼一回事嗎？說起來，就算有那樣好了，一般會在意那種事嗎？現充會讓人以為只是很開朗，不過觀察氣氛或者判讀感情的技能有時也很熟練所以不能大意。都已經察覺到這種地步了，就算隨便瞞混過去，看來也會被揭穿。

「沒這回事！關係確實不會說很差啦！不過妳想想，日南跟誰都很要好啊！」

「哦！直呼姓氏了呢～果──然很可疑！友崎選手！為什麼那時要隱瞞直呼姓氏的行為啊！做了什麼心虛的事嗎！請開門見山！說出來吧！」

「就說沒有了嘛！說起來那個學校偶像日南葵，跟我之間怎麼可能會有什麼心虛的事啊！」

「的確！」

「喂！」對於立刻接受的深實實，我還是針對她這樣的行為吐槽了一下。

「啊哈哈哈哈！真不錯！你果然有時候很有趣耶友崎！」

「吵死了，我本來就沒打算搞笑，說有時候是多餘的。」

覺得緊張感消散了。這就是深實實她說話的風格嗎？還是是因為話題跟那個嘴巴很壞的玩家有關才這樣呢。

「平常就保持這種開開心心的感覺明明就比較好的說，友崎你啊平常都很陰沉呢。」

「多管閒事……而且啊，我就算有不開心的瞬間也不會怎樣喔。」

「……咦——！也就是說？是怎麼一回事啊？剛說的！」

她很帶勁地攀上了這個話題。咦，該說什麼才好呢。

「這……該怎麼說呢，我認為正確解答並非僅局限於開心的事……應該吧。」

「咦——！第一次看到有人會說這種話！詳細說明！ＫＷＳＫ！」

「ＫＷ……？」……啊，是說 kwsk 吧（註9）。那應該不是直接念出來的話吧。

「不，該怎麼說呢？比如說，我喜歡 AttaFami，還有其他的遊戲……」

「啊——！聽說你玩那個很厲害呢！然後呢然後呢？」

「嗯，呃……可是那跟上學很開心之類的，可以說一點關聯都沒有吧。不過我就算這樣，還是會想要多花點時間傾注在 AttaFami 上面……」

「嗯~不過會那樣不就代表，那個 AttaFami 玩起來很開心嗎？」

「啊……嗯，的確是那樣沒錯，但是該怎麼說……應該說我不是為了尋求快樂才去玩 AttaFami，而是喜歡 AttaFami，然後努力去玩的結果也帶來了快樂而已……抱歉，我自己也不太清楚。」

「嗯——不會，我能理解。」

「咦？」

註9　kwsk為日本網路用語，即深奈實前一句話「詳細說明」的原文「詳しく」（讀音：kuwashiku）的縮寫。

「總覺得那個啊～友崎你那種個性，說不定跟小玉有點像。」

「……咦？像小玉玉？」

我一點頭緒都沒有……說起來，類似的事也有聽日南說過啊。

「嗯──該怎麼說，應該是說那孩子不會主動委屈自己，也不打算因為別人而受到委屈吧，啊哈哈，雖然她那樣真的很不錯就是了，總之，就是有那種個性啦。」

「嗯，是那樣沒錯。」

「啊，友崎也知道啊？比如說，像是那種，就算是委屈自己一下就能輕鬆度過的情況，她要是沒辦法接受的話就不會委屈自己喔。她那樣真的很厲害～到了可以尊敬她的程度呢。」

「是啊，明明是最近的年輕人卻很罕見。」

「啊哈哈哈哈！談話性節目的大叔出現了！」

「吵死了！」

「啊哈哈哈……嗯，所以啊，我覺得她那樣很厲害，同時也會覺得那是我沒有的特質～而看著她。畢竟是我的話早就不斷地委屈下去了嘛！委屈委屈再委屈，就是要想辦法讓當下變得開心一點～最後都屈得折來折去了呢！」

「咦，是這樣啊。」我之前一直以為她是靠才能，自然而然地做著那種行為的說。

「對啊～其實我是有很多煩惱的年輕女生……不過，大家都是一樣的啦。跟小玉比起來的話我根本不算～什麼。我的煩惱真的太渺小囉！」

「她確實……感覺還挺辛苦的。」

「對吧——？看得出來喔？所以啊，不停委屈的我一定要守護她才行——差不多就是這～種感覺！我啊！如何⁉讓人感動到哭⁉很堅強⁉」

深實實站在我的正前方大大地敞開雙手。

「原來如此啊。」因為我一直在思索所以自然地忽略了她。「那麼……深實實覺得怎樣呢，應該說，妳不討厭那樣嗎？」

「咦？忽視我⁉說到我啊？一點也不討厭！畢竟是為了開心才那樣做的，當然很開心啊！雖然也有委屈的話會很討厭的情形啦，但那也是沒辦法的事啊。人生是沒有一百分的！如果不委屈點的話就會更難受了，所以就委屈一下！是為了要朝著能更開心的方向前進喔！」

「……原來是這樣啊，適材適所嗎？」

「對，就是適材適所！你說得真不錯耶友崎！委屈是我的工作，不委屈就是小玉的工作了！我們就是這樣子走過來的囉！」

「而且還互相扶持。」

「對對，就是這樣說，互相扶持！友崎真的很會說話呢！總之——說清楚點的話，感覺應該是我在扶持小玉啦～正確來說是這樣！所以我這樣子就ＯＫ啦！」

這麼說著的深實實又開懷大笑起來。

「嗯——對我來說……」

「啊！我要往這條路這邊走！啊，你剛才想說什麼？」

「啊，沒，沒什麼。」

「這樣啊？那明天見囉，友崎！」

「啊、嗯，明天見。」

就這樣大動作地揮手，深實實像一陣狂風般地離開了。嗯，想說的話沒有說出口不過也沒差吧。畢竟可以說是我私自以為的推測，沒說出來應該也是正確的選擇吧。

——我的感覺是，受到扶持的其實是深實實。

＊　＊　＊

「嗯，你做得還挺不錯的嘛。」

日南不帶感情地這麼說。

「不過，只是深實實把我也有辦法談的嚴肅話題給炒熱起來就是了。」

「也對，說是這樣說沒錯……不過這代表你也有擅長的事呢。」

「……我有……擅長的事？」

那是啥啊？

「家政教室那件事的時候也一樣，看來你挺擅長『把心裡想的事情原封不動地說出來』呢。」

「呃——？把心裡想的原封不動說出來？那不是每個人都擅長的嗎？只是維持原樣說出來而已耶？」

日南「嘖嘖嘖」地揮著手指。

「那個啊，並不是你想的那樣。其實不擅長的人還比較多呢。」

「咦？」

「比如說深實實。她是很擅長委屈自己吧？你覺得她擅長說出自己的想法嗎？」

「……啊，這樣啊。她擅長的，其實是說出能夠迎合周遭的話嗎？」

「對。」日南點頭。「再來是花火。那孩子應該很擅長吧？把自己的想法給說出來。」

「……應該是。」

「像她那樣子的人，有很多嗎？還是比較少？」

啊……滿少的。原來如此，這樣講讓我瞭解了。

「這樣啊……原來擅長那麼做的人，很罕見嗎？」

「對，就是這樣。所以這在某種層面上就是你的武器、長處、必殺技了呢。而且，在自己擅長的領域中戰鬥，是玩遊戲的基礎吧？」

「是這樣沒錯。」

「那麼，如果你遇到什麼困擾的事，靠它就可以囉。把這點好好記住。」

「……我知道了。」

「嗯，剛才說的那些也沒什麼問題，那就進一步說下去囉。可以說你累積到經驗值很幸運吧……接下來要你繼續觀察對話的方式，不過你有做準備嗎？」

「還能怎麼準備……這種事不就只能直接上場……」

「你很懂嘛。那麼，就要全心全意努力囉。畢竟最後一天我會問你分析的結果。」

——就這樣，再次開始了這三天的等級提升兼收集資訊。

週三，午休的學生餐廳。

「昨天有看嗎？會讓人好奇最後一集到底會怎樣呢。」

「不過那個大喊『回來吧！』的片段叫得實在太沒感情了，我看到笑出來。」

「啊哈哈哈！我也是耶！那個有夠糟的！」

「說起來友崎你眼神飄來飄去也飄過頭了吧！根本都沒在說話！」

「真的耶好噁～！」

……嗯嗯。

週四，放學後到車站之間的歸途。

「啊——說起來，由美子妳昨天還好吧？伯父不是瘋狂打電話找妳嗎？」

「對啊！而且啊——！其實我弟才莫名其妙咧——」

「咦，那個小個子嗎？」

「對對對！我一開門就看到他在玄關兩腿開開地站著啊，上身還挺直咧。」

「搞什麼啊好噁！」

「感覺友崎同學也會做那種事──」

「啊哈哈哈！我懂。」

……哦哦。

週五，下課時間的一幕。

「孝宏有沒有什麼有趣的話題？」

「怎麼這麼勉強人啊！」

「有吧有吧。」

「呃……那個……啊，昨天我女朋友啊──」

「唔哇要放閃。」

「才不是咧！」

「友崎有沒有那種話題……不太可能有吧。」

「啊哈哈哈！真失禮。」

……嗯嗯。

大概就這種感覺。

「那麼，覺得怎樣呢？」

星期五的放學後會議。每天都被丟進也不怎麼親近的群體之中，除了觀察與一點點的實踐之外沒辦法做其他事的四天。身處地獄中的地獄的四天。今天就要做這四天來的統整。

「我心已死。」

「……也是，那就是發出陰沉氣場的人的宿命呢。不過，好好鍛鍊表情、姿勢與對話的話，馬上就能脫離那種窘境囉。」

「……真的嗎？」

「你就把被說了許多壞話這種事當成莫可奈何吧。群體的性質就是這樣，只要聚集了五到六人的話……就會有某個人受到犧牲。」

「……我瞭解了。」

「總之，重要的是分析的結果喔。」

「嗯——呃，我是思考了不少……」

「哦。」

超絕現充正等著確認有社交障礙的人靠自己拚命觀察出來的結果。真緊張。

——我發覺到的是，對話中的職務分擔。

我覺得參與對話的人們，各自有著『主要擔任的職務』。

那些職務就是『開啟新話題的人』、『把話題擴展開來的人』、『做出反應的人』這三種。

比方說星期一，有過這樣的對話。

『我說你聽聽看啊！昨天在補習班啊……』

深實實每次都像這樣從『你聽聽看啊』、『說起來啊』或者『昨天啊』這一類的句子說起話來。她是在拋出跟之前在聊的話題沒有什麼關係的開頭。對話首先得從這種『開啟新話題的人』開始。不過這是理所當然的。

而且，也會有人讓剛開啟的新話題有著「說到這個的話也有這種情形」或者「那個跟這個還滿像的呢」之類的發展。這就是『把話題擴展開來的人』。

然後聽到這邊，而做出附和或笑出來，有時候也會發出自己的意見，樂在其中的人。這就是『做出反應的人』。感覺就是這樣。

然後話題收尾之後，又會由『開啟新話題的人』把新的話題給拋出來。

當然，『把話題擴展開來的人』或者『做出反應的人』有時候也會開啟新話題，『開啟新話題的人』也會有負責聆聽的時候。不過，在群體之中，我看得出來每個人主要擔任的職務就像是自然而然決定好了一樣。而且還有一點，這也是星期一的事。

『唔哇——那個一定是老師故意的吧。』

『果然是那樣吧⁉』

『深深被喜歡上了吧？』

『咦⁉竟然相反⁉』

就像這樣，橋口恭也與小玉玉主要是擔任把話題擴展開的職務。而且，兩個人雖然一直都在對話的循環之中，卻莫名給人一種沒有處在『氣氛的中心』的感覺。

『說起來啊，單字背熟沒？突然要背一百個很累吧？』

這是週三，某個現充的中心人物所說的話。

我覺得重要的點在，進行對話的人不少都會『讓話題擴展開來』，不過開啟新的話題這方面，大概都是固定的成員才會去做。以星期一的情況來說就是松本大地、深實實，還有日南。小玉玉跟橋口恭也開起新話題的狀況，我幾乎沒看到。長期來看應該也有開啟新話題的時候，但次數明顯地很少。所以大概是因為，沒有開啟新話題的話就沒辦法給人處在『氣氛的中心』的印象吧。

不過，要是問我這代表什麼的話我也不知道，但我發覺的事情就是這些了。

「……所以，小玉玉與橋口恭也就是因為沒有開啟話題，看起來才像沒有掌握氣氛。大概這種感覺吧。」

日南默默地點頭。

「原來如此。你剛說的內容，是那種一般人聽了也只會覺得『所以呢？你說的那些有什麼意義嗎？』而認為是理所當然的事情。」

「說、說得也是……」

畢竟我自己也是這麼想，所以內心被刺到了。

「——不過，對於像我跟你這樣的，要去掌握某種事物的時候，會特別注意其目的與原因的人來說，這可是很大的發現喔。真不愧是你，nanashi。」

受到損傷之後又受到了讚揚。

咦，真開心。感覺她很拿手地用著糖果與鞭子在擺布我。

「是、是這樣嗎？」

「因為，這樣子你也就知道了吧？要讓對話順利進行下去的兩個必要的要素。」

……啊，原來如此。真的是知道了。

「是要我把『開啟新的話題』與『把話題擴展開來』的能力練好的意思吧。」

「鬼正呢。」

「咦？」

「所以接下來的重點就是，要怎麼做才能讓那兩方面都練起來喔。」

「等等等等等等等。已經第三次囉，那個鬼正的說法，到底什麼意思？」

「……」

不說話了！

「……也好，都第三次也沒差了，我放棄啦。那是口頭禪。有時候不小心就會說出來。你不知道嗎？我小時候很喜歡那個，懷舊遊戲『去吧！拚命射擊的噗因』的噗因的台詞。說實話，因為挺丟臉的所以我之前都一直想辦法瞞混過去，不過真的太麻煩了。就算我想辦法不說總有一天也是會說出來，之後我就會常常說囉。所以你可以不要每次都對我吐槽嗎？結束。」

這、這傢伙是怎樣。突然這麼嚴肅說了一堆又自己收尾。

不過說起來。

「啊，是噗因啊！之前就覺得在哪裡聽過！我想起來了！妳喜歡那個啊！」

「……嗯。竟然會知道那個，身為日本第一的玩家還真不是蓋的。大家都不太知道那款遊戲呢，明明就是很棒的名作！」

日南的音色罕見地雀躍起來。

「真的！小時候我有在朋友家玩過。小豬噗因挺可愛的啊！說是『如同魔鬼，正確無比！鬼正！』……那是一款好遊戲。」

「是啊。一開始還讓人以為只是普通的角色遊戲（註10），其實是以當時的硬體規格很難聯想的擬似3D軌道射擊遊戲（註11），技術上也很厲害呢。不過就算這樣，還

註10　一般指其他媒體的作品改編的遊戲，或者以角色魅力為重的遊戲。

註11　原文為「奥スクロール」，指的是遊戲中背景移動的方向一直往玩家後方（類似坐雲霄飛車的感覺）。這種方式的射擊遊戲日文稱為「奥スクロールシューティング」，英文對應的詞為「Rail Shooter」，故譯為軌道射擊遊戲。

是有像在刺激童心一般的獨特世界觀和可愛的角色！真的是一款非常棒的作品啊。」

日南露出如同少女一般純粹且愉悅的笑容而如此說著。原、原來她也能做出這種表情。

「對啊，真的就像妳說的。」我一邊別開眼光一邊說。

「你還真內行耶！噗因就這樣把我帶進遊戲的世界……說起來──」日南像是突然發覺某件事而把臉從我面前別開，咳了一聲清喉嚨。「話題，扯太遠了。」

或許是因為在聊喜歡的東西而很高興的關係吧，臉頰有一點點泛紅。

「啊，嗯。說得也是呢，呃──」

「剛才是說到要怎樣拿手地進行對話，沒錯吧？」

日南她失望地拉回原本的話題。她看來有點不滿地兩手環胸。

「是啊，那噗因的事就找時間再聊吧。」

「好，那就言歸正傳吧。所以……你知道嗎？讓對話順利進行的方法。」

「嗯……應該是，模仿擅長對話的人之類的吧？」

「鬼正。」

「這麼快。」

「既然你都發覺那兩方面很重要了，接下來就是觀察擅長那兩方面的人都怎麼做，並且去模仿就行了。畢竟你瞭解重要的點在哪，就知道該著眼在什麼地方了吧？」

「原來如此。確實是那樣。」

「順帶一提，剛才就一直在說的『氣氛』，你知道是指什麼嗎？」

「呃——？『氣氛』是指什麼嗎？」

……她這麼說了之後，我也只想到有些人會自然而然莫名地掌握著氣氛，或者氣氛很糟之類的，但要問我氣氛實際上是指什麼的話我也不太清楚。

「……不，我不曉得。那是啥？」

就老實地問吧。

「我說啊。所謂的『氣氛』指的就是『只限當下的善惡基準』喔。」

呃——『只限當下的善惡基準』？

「什麼意思啊？」

「我想想，說得簡單點的話就是，怎麼做才會被當成好事，還有怎麼做的話會被當成壞事的基準。而且是只限當時的群體之中。來，比如說，如果有只要場子愈熱絡就愈會受到讚揚的群體，反過來也有就是討厭大學生那種熱絡感而且覺得那樣很遜的群體吧？像那樣的好壞的基準就是被稱為『氣氛』的東西。」

「啊……原來如此。」

雖然不是很清楚不過我覺得我有聽懂。而且，深實實就是容易被那種東西牽著走，小玉玉就是完全不會受到影響，這點我也很能同意。

「就像那樣，在其他的地方無法普及，只在某個群體中才會成立的善惡基準，就叫做『氣氛』。」

嗯。

「……雖然應該是有聽懂，不過也覺得只聽了妳剛才說的那些好像也沒有完全理解。」

「沒關係。這是比較深入的話題。以現在的等級來說還沒那麼重要。你只要想說總有一天可能會派上用場，以這樣的程度記起來就可以了。現在只要能模模糊糊地感受到『氣氛』就足夠了。」

「這樣就行了嗎……我知道了，那我就這麼做。不過，我還沒聽到重要的事喔。」

日南露出不懷好意的微笑。

「哎呀，你是指什麼？」

「單純模仿擅長那麼做的人的話，自己不就沒辦法真的練好了嗎？該怎麼說呢，像是身體會跟不上……或者說想做的動作，有時候會因為基礎能力的差距而沒辦法去模仿吧。」

對，就算要模仿擅長做某件事的人的動作，歸根究柢來說也是會有做不到的時候啊。至少玩遊戲的時候，做不到的狀況會很多。因為操作技術上有差距。

所以拿對話來說的話，想在這個時候開啟新的話題，或者想在這個時候做個適宜的吐槽之類的，如果沒辦法心裡一想就馬上做出來的話，我覺得就是因為『操作技術上有差距』而無法模仿擅長對話的人……不過，在這個層面上，『人生』確實也是一款遊戲啊。

「真不愧是你。就像你所說的。也有鍛鍊技能的必要。」

「沒錯吧？不過那個也沒辦法一朝一夕就學起來……」

「話說回來，那可是最簡單的喔。」

「咦？簡單。」

「對，很簡單。」這麼說的日南像是滿愉快的一般，豎起右手的食指。「只要背起來就行了。」

「……背起來？」

「對。很簡單吧？」

日南露出像是惡作劇般的笑容。她在戲弄我。

「好好說明一下啊。妳指的是什麼？」

「說起來很單純。」

日南從書包裡拿出筆盒，然後再從筆盒中拿出單字卡冊，開始一張張地翻動。

「那什麼啊？」我一邊這麼說一邊看向日南手裡的單字卡冊，然後嚇到了。

「……真的假的啊妳，那是……」

在那單字卡冊上寫的東西。舉例來說就是在『二班的中島健太郎的弟弟的話題』這張卡的背面，寫了『游刃有餘地說了會考上國立大學的國中部但連應考都沒去』。在『五月中旬媽媽對我說的事』這張卡片的背面是『明明很會讀書身上穿的衣服卻看起來笨笨的』。在『連續劇《祕密的父親》第三集笑出來的片段』這張卡後面寫著『菅原悠介跌倒的片段，為了不受傷而對跌倒方式太過費心，看起來就像是搞笑短劇一樣。』……除此之外還有很多。那些卡串成了一本算是滿厚的小冊子。

「對不對？挺單純的吧？」

她露出了微笑。好可怕。

「妳是……都背起來？把話題背熟？」

「對。」

如同般若鬼面一般貼在臉上的笑咪咪表情。

「不，這應該怎麼說，腦袋出問題了吧……」

「你說這什麼話。這就跟把RPG裝備的攻擊力防禦力的數值全部記起來，還有把育成戰鬥型遊戲的每隻怪獸的固有能力值全部都記起來的做法是一樣的啊？」

日南一邊這麼說一邊打開給我看的大型筆盒之中，有著想必跟剛才那個的用途一模一樣的好幾本單字卡冊，大量地塞到沒半點空隙。

「唔嗯……」

「你發出什麼丟人的聲音啊。這樣的話，就不會沒有話題能用了吧？」

是這樣沒錯……不過一般人看到這個的話只會退避三舍吧。

「……嗯，不過妳真厲害啊。這麼做的話確實是不怕沒有話題可以說……」

總之就這樣，我算是接受了。

「所以，就是要我也、這麼做，沒有錯吧？」

我稍微先做好心理準備。

「這是當然的啊。不過，並沒有特別限制做法。就算不是單字卡冊也沒關係。你也不是不會唸書吧？既然這樣的話，就用自己做起來比較輕鬆的方式，把話題都背起來就可以囉。」

「我、我知道了。」

「那麼，關於對話的指導總而言之就是這樣囉。」

「啊，等一下，我還有不太瞭解的地方。」

「是什麼？」

「就算我能夠把話題背起來好了，妳想想，我跟人說話的時候每次都會大舌頭吧？那應該要怎麼處理才好啊？啊，是要練習說『不好意思』嗎？」

「……那個你要習慣。」

對於我的問題，日南用手指壓著額頭，並以厭煩的音色回答我。

「而且，就算是要練習，對同年的學生說話的時候也不應該講『不好意思』吧……」

「啊，的、的確是這樣。」

日南說了「真是的」並且嘆了一口氣，同時也把單字卡冊收進筆盒，而把筆盒收進了書包。

「呼……總覺得今天好累啊。」

「也對。今天談了很多新的東西，你也說了很多自己的想法。不過，今天我們兩個聊的有很多都很重要，所以你回家之後，還有週六、日的晚上之類的，要記得再複習喔。」

「複習？只要回想起來就可以了嗎？我是覺得我有好好記起來……不過也是會不安啊。」

「嗯，我就想說會這樣。這個給你。」

日南從胸前的口袋裡拿出來的是手掌大小，細長且有播放鈕與錄音鈕的某種機械。

「……錄音機？」

「就是所謂的數位錄音機。今天我們在這裡的對話，我從一開始就全部錄下來了。」

「哈哈，準備得真周到……咦，說起來，妳是特地去買這個的嗎？」

什麼時候做的。

「是我本來就有的東西喔。畢竟這可以用在很多地方。這次只是暫時借你而已。」

可以用在很多地方，是會用來做什麼啊……從單字卡冊的用法來推想的話，總覺得那東西也是用在很可怕的地方所以問不得。日南說著「給你」並且把那東西拿給我。

「謝、謝謝。」

「資料夾已經分好了，那個資料夾裡面只有這段錄音而已，只要按播放鈕就能直接聽了。耳機也可以插進這邊使用。」

「瞭、瞭解了。」

這種細微的顧慮想必也是現充中的高手的招數吧。

「好了，接下來要說明天得做的事。」

「咦？明天？不對，明天可是星期六喔？」

我們高中星期六是不上課的。

「對，所以才要做事啊。還是說有什麼別的要事呢？你有嗎？」

「不……其實並沒有。」很懊悔就是了。「要做什麼？在家自行練習？」

「並不是那樣。」

「嗯？」

然後日南像是理所當然一般地說了這句話。

「早上十一點到大宮車站集合。我要你陪我一整天喔。」

約會……!?雖然我想不是這回事啦，咦!?

4　第一位夥伴是女孩子的話就能暫時以約會的心情去冒險

然後到了當天。我抵達了要到池袋或者新宿之類地方太麻煩時做出妥協而到訪的都市之中，號稱日本最大規模的城市，大宮。順帶一提，要是能在大宮把事情辦完卻還跑到池袋，而且被縣裡發覺的話，就會被視為背叛者而遭到埼玉縣的吉祥物Kobaton處刑。

「呼……呼……等很久了嗎？」

「沒，我才剛到。」

就連朗讀軟體都還更有抑揚頓挫喔。她以這種程度不帶感情的口氣表現怒意。

「真的對不起！」

遲到了一分鐘。

「……算了，反正你一定是沒半件能看的服裝，卻還想辦法盡量不讓自己看起來會丟臉，所以才費盡心思了吧。真無聊。」

「……妳還真清楚啊。」

被人正確無比地看透到這種程度，就連消沉的心情都出不來了，就是這種程度的準確答案。

「嗯，網聚會穿成那樣就過來的性情啊，看來是有點進步了呢。」

「真囉嗦。」

重點不在那邊，光是『在街上走在日南葵的身邊』這件事，就已經誇張到會讓我那樣了啊。這傢伙到底懂不懂這檔事的重大程度啊，我可是盡力去顧慮了耶。

「好啦，那我們就走囉。」

「先等一下。告訴我一下啊，今天的目的是什麼。」

畢竟我什麼都沒聽說就被叫來集合了啊。

「也對……反過來說，你覺得是什麼呢？為了成為現充，而來到大宮的理由。」

「咦？猜謎嗎？」

是要我自己想一想就對了。原來如此。呃——

我一邊思考著，一邊看向站在會合點『豆樹』（註12）前方的日南。

——不過一般來說，有人會像這樣只是單純站著就給人非常非常姣好的印象嗎？下襬很長的藍色大衣？的下面穿著像是一件式洋裝，看起來上下一體又像T恤？的衣服，儘管普通卻異常地很適合她。她整個人的姿態可以用可愛也可以用美麗來形容，歸根究柢，我還是不知道這是因為素材本身良好，還是她選衣服的品味很強。總而言之，至少我能感受到她散發的氣場會讓人覺得，如果親眼看到藝人的

註12　原文「まめの木」，是大宮車站中擺放的金屬製大型藝術品。

話應該就是這種感覺。

我想著這些而愣愣地觀望著日南的時候，就聽見了在斜對面等人的，看起來像學生的兩個男生小小聲地說著「那是……日南……？」「……真的耶……」這樣的話而看向這邊。咦，我剛才是想過親眼看到藝人怎樣的啦，該不會這傢伙真的是……？不，以這傢伙過人的規格來說也不是不可能喔。

「……欸，日南，妳該不會是藝人吧？」

我小聲詢問憂愁地站著的氣場團塊。

「怎麼突然問這個。」

「不，剛才斜對面的人……」我對她說明。

「啊……也對，雖然不是藝人，但也算是名人吧。尤其在這一帶地區。」

「名人？說不是藝人，到底哪裡不一樣啊？」

「我沒有演藝圈的活動，不過卻很有名。」

「什麼意思啊？」

「嗯，全國模擬考我一直保持前幾名，去年也有稍微在全國的田徑賽露臉過……然後再加上我這副外表的影響，算是有一定程度的名氣。」

全國模擬考前幾名還有參加全國田徑賽之類的，一般人全心努力也得花上好幾個小時等級的自誇，她就這樣一口氣流利地對我說完而讓我覺得好耀眼。

「先等一下喔。我是覺得妳很厲害沒錯，不過有到那種程度啊？」

我還以為頂多就是不會輸給校內任何人的程度，竟然是全國等級的喔。

「我不是一直都在說嗎？不管什麼領域我都有不會輸的自信。」

她這句話沒有在自誇的感覺，而是以「真是的，還真麻煩耶」這樣的口氣回覆我。

「……到底要怎麼做才能留下那種程度的成果啊。」

「沒什麼特別的。只是不管在什麼領域，都比其他人還要多想一點，而且比任何人都還多花一點時間去努力罷了。這些不重要，你快點想。」

不，妳講的那些聽起來很容易可是實際上……

——我說不定正跟著一個，比我一直以來想像的樣子還要更威猛的人一起行動。

「來這裡的理由……是要適應……人山人海的環境？」

「你還真是……比我之前以為的階段還要低很多也說不定……」

日南就像很傻眼一樣地按著太陽穴。

＊　＊　＊

她首先帶我去的地方是書店。可是為什麼是書店呢。

「欸，來這裡要做什麼啊？」

「唸書……應該說，要決定方向性。」

「方向性？」

日南快速地直接走向雜誌區，在時裝的區域停下了腳步。

「如果你要教外行人怎麼打 AttaFami 的話，會指定要用什麼角色嗎？」

我已經習慣這傢伙突然說起遊戲的話題了。

「不，不會吧。不過要是選到玩下去就會陷入劣勢的角色的話，還是會阻止他就是了。但是基本上啊，我想我會讓他用他喜歡而且他操作起來很輕鬆的角色。應該會告訴他，就某個程度來講那個角色很好用之類的。」

日南點了頭。

「沒錯吧。那，為什麼要那麼做？」

「因為，那樣玩起來才開心啊。要是玩起來不開心的話就會減少動力了，把眼光放遠的話最後可能會造成不好的影響喔。」

「嗯，正是如此呢。要來書店也是一樣的道理。」

「……什麼意思啊？」

日南拿起一本男性時裝的雜誌，翻了開來。

「來，說說看你覺得哪一種時裝穿搭比較帥氣？只靠直覺決定也沒關係喔。」

她一邊這麼說一邊快速地翻著頁面。

「就算問我哪一種我也很難回答啊。」

「今天就要參考你選的穿搭去買衣服。說說看，喜歡哪種？」

「……啊——原來如此。」

也就是說，要選擇我最喜歡的角色啊。

「不過，由我來選好嗎？搞不好，會沒有品味還怎樣的……」

「沒關係。畢竟這種雜誌上刊的，大多都是不管選哪一種都很時髦的服飾。不過，我想應該也有不適合你的服裝，要是選到那種的話我會阻止你的。」

「原來如此。」

不過這樣看下來還真的是每一套都很時髦啊，以我的眼光來看不管哪套的門檻都太高了，應該說我還不夠格嗎？低聲著「嗯——」而大概花了五分鐘，然後指向我覺得「嗯，這套應該還算中意吧？」的時裝模特兒，真的就是以靈機一動的程度去選的。

「我不太清楚，但應該是這種的吧？」

我一點自信都沒有。而且一指下去才發覺，上面寫著「外套（￥44,800）」之類的。啊——這可是沒辦法下手的啊。

「原來如此，是這個啊……嗯，沒關係喔。」日南這麼說之後就闔起雜誌，開啟智慧型手機的地圖App。

「那我們就走囉。」

「咦？要去哪？」

「這還用說嗎？當然是去有賣剛才選的穿搭衣服的店啊。」

我、我可沒那麼多錢喔！

然後我抵達的是，我至今所存在過的空間之中最時髦的一個空間。服飾店原來是這種感覺的啊……途中受到她「來。」這樣的指示，差不多以恐嚇占了一半的心境從ATM提了錢出來。可是我那少得不得了的所有財產，要是買了剛才選的那件外套的話幾乎就會花光，這點讓我很擔心。

「我說啊，日南。我沒那麼多錢，根本買不起很貴的衣服。」

「不要緊的。」

日南把外套拿給我。

「不，四萬的話我真的付不下……咦？」

視線前方的價標上所寫的數字是（￥9,720）。

「咦……妳不是說，要去剛才選的穿搭有用到的服裝的店？」

「對，我是那麼說了。」

「那、那麼為什麼……同一間店裡的價差會這麼大啊？」

「不是喔。這是剛才選的穿搭的，外套底下那件襯衫的品牌喔。」

「……啊——是這麼一回事。」

也就是說，她剛才並沒有說要去賣那件外套的品牌的店吧。幹麼做這種像是陷阱題一樣的事啊。

「時裝雜誌大致上都會寫刊登的衣服的品牌名稱與價格。找到自己覺得時髦的穿搭之後，就會去看價格的部分。然後就去尋找『啊，這個的話負擔得起』的價格的品牌，再到那裡去找就行囉。」

然後，如果都是很貴的品牌的話，再找看看別的穿搭，以這種方式找下去的話一定會找到的。

「這樣的話，大致上都沒有問題。今天你選的穿搭裡面，只有用到這個品牌的一件襯衫，不過雜誌上會刊的那種穿搭，就算只是一件襯衫，也會選擇確實能夠配合整體的品牌來用。所以，同品牌的其他衣服就當成也會合乎喜好就可以了。」

單純明快啊。

「……的確，這樣的話我也可以做得到啊。」

「哦，挺不錯的嘛。已經有志氣到會覺得自己一個人也要拚下去了。」

「所以之前不是說過了嗎，我面對遊戲的時候可是不會放水的。」

「的確是這樣呢。」

日南看起來心情還挺好的。

「……不過，重要的部分妳還沒教我喔。」

「是說選擇的方式嗎？」

「對啊。有那麼多件的話就不知道哪件才好了。要怎麼選才行啊？」

「哎呀，那可是最簡單的喔。」

「簡單？不不不，所謂的衣服啊，不是要完全活用品味與經驗而去選的嗎？我不覺得會有那麼簡單的攻略方法……」

「這是當然的。要是不完全活用品味與經驗的話，就很難分辨出時髦的服裝了。所謂的時裝，並不是那種一朝一夕就能熟悉的東西呢。」

「……那麼──」

「你知道，這是什麼嗎？」

打斷我的話的日南，一邊指向斜上方一邊這麼說。

那個方向有穿著T恤與上衣跟短褲的東西，就是所謂的……

「那是假人模特兒啊。」

「那你知道了吧？」

一直指著假人模特兒的手指就維持原樣而突然朝向我，接下來說了這句話。

「要把這套全部都買下來喔。」

──聽了之後倒是挺單純，而且像密技一般的東西。確實是如果這樣做的話應該就不會有錯的作戰方式。

「你覺得這個假人模特兒身上的穿搭，會是誰想的呢？」

「應該是，這間店的，店員吧。」

「對。服飾店的店員啊，很多都比外面的一般人看起來還時髦吧？不如說，就某種程度來講，不對自己有自信的話就沒辦法勝任。」

「嗯，也對。如果是我的話要當賣衣服的店員實在有夠難。」

「所謂假人模特兒的穿搭啊，就是那種對服飾很有自信的店員，為了賣出店裡的衣服，做為擺在店裡展示的『廣告』而用心想出來的東西喔。」

「……原來如此。」

「而且大概也有聚集幾個人一起談論之類的吧。是幾個時髦的店員特地討論喔？你不覺得，不管怎麼想都不會有問題嗎？」

「這樣說……也對。」

她說的話我同意了。

「懂了嗎？剛才說過，所謂的時裝與時髦，要是沒有完全活用品味與經驗的話，就很難去選擇吧？」

「對。」

「這樣的話，就把時髦的人完全活用品味與經驗的結果，原封不動地借用就可以了。就只是這樣喔。」

「……原來如此啊。」

確實，AttaFami 也是一樣，要練到拿手的捷徑最重要的就是先抄別人，模仿技巧高超的人。

「然後就只要依照那種穿搭，原封不動地穿起來就行了。照這種方式買個幾次之後，就能逐漸抓到感覺，而建立不用買假人衣服也能靠自己選的品味囉。」

「我知道了……啊，可以問一件事嗎？」

「問什麼啊？」

「買假人衣服的意思，是說買這套衣服會送假人嗎？」

「……白痴啊？」

不是否定也不是肯定而是『痛罵』這種回答，讓我發覺自己搞錯了。

然後因為店裡的假人有三個的關係，我被催著從裡面選一個喜歡的，後來就順理成章地以直覺選了其中一個。

「……那麼，你去試穿看看。」她怎麼這麼乾脆地說出這種話來啊。

「咦!?試穿!?」

等一下我沒辦法沒辦法沒辦法！是要去對在這種時髦空間裡棲息的時髦人類搭話問說能不能穿這個吧!?那種事我當然做不到啊！

「你幹麼嚇一跳啊。自我意識過剩。對方什麼都不會在意的，快點去試穿。」

「妳先等等啊！不是買假人身上的衣服就不會有問題了嗎!?那麼就沒有試穿的必要了吧！」

「穿搭是那樣沒錯，不過還有尺寸的問題啊。雖然說，你的體型選M號的應該是沒問題啦，不過還是多少要試一下，當成今後的參考。」

「可是……不過，唔……」

她一說尺寸會怎樣之類的就已經到了我不理解的世界，所以沒辦法反駁。

「快去。」

「是、是我要去說嗎？」

「這是當然的啊。今後你一個人去買衣服的時候好歹也是得試穿看看的喔？就當成現在要做練習好了，你要自己去說。」

「今、今後也要做嗎……試穿。」

「對。」

像是多說無益一般地嚴厲的口吻。看來只能上了嗎……

「……該、該、該說什麼才好啊……？」

我的聲音在顫抖。這怎麼回事啊，客觀來看完美地遜斃了。

「我想買那個假人身上的一整套衣服，可以試穿看看嗎？之類的，說什麼都行啦。」

「咦？呃——我想買那個假人身上的……接下來呢？」

「一整套衣服，可以試穿看看嗎？」

「我想買那個假人身上的一整套衣服，可以試穿看看嗎……這樣ＯＫ？」

「可以。」

這種給人添麻煩的行為已經到了會讓人想到看護或者復健一類詞語的等級，所以真的會覺得內疚。

「……我想買那個假人身上的一整套衣服，可以試穿看看嗎……好。」

做好覺悟，要前去對店員搭話了。哇，是個年輕女生耶，綁馬尾而且脖子後面很美。咿。

「那個！不好意思！」

好，到這邊都還很順。

「是——」

「呃——那個、那個——」我一邊說著一邊指向剛才選擇的假人模特兒。

「是那邊嗎？」

「是的。那個……請給我那個假人！」

你看吧就是會這樣。變成像是想要假人一樣了。糟透了吧。可是……

「……呃——是要買一整套假人身上的衣服，沒錯吧？請問您要試穿嗎？」

「麻、麻煩妳了！」

由於店員小姐的內心寬廣，雖然與預想有所不同，不過順利達標了。

就這樣子經過一番迂迴曲折，試穿後的結果也得到了日南的認證，以差不多三萬的花費做為交換而得到從頭到腳一整套的時髦服裝。

「欸欸！你現在就穿這套嘛！」

結完帳之後，離耳朵很近的地方傳來了開朗的音調。是誰啊？雖然我這麼想，不過也只有她了，是裝成乖寶寶時的日南的聲音。

「這位客人，您要穿嗎？」

「要吧！」

完美無缺的笑容正朝向這邊。她這樣的行為只會代表『給我穿起來』而已。

「……啊，那就麻煩妳了。」

然後店員小姐說了「那請到這邊來」帶我到試穿室，而我就換衣服了。身上本來穿的衣服，就由店員小姐折疊後放到袋子裡頭。一走出試穿室就被說「很適合您呢～」之類的話而讓我有點害羞。

我覺得服務真的很好而感到佩服的時候，那位店員小姐跟我擦身而過，用日南應該聽不到的音量在我耳邊細語「您女朋友真的非常可愛又很棒呢，多珍視她一點會比較好喔」，無論是聲音還是露出來的微笑都令人覺得像個小惡魔。

「不，我們不是那種關係！」我慌張地否定之後，她就對我說了「啊，果然是這樣呢」。果然是怎樣啦，喂。雖然是事實不過，喂。

然後。

「那麼，離髮廊預約的時間還有一陣子。」

「……已經連預約都搞定了啊。」

我對這傢伙貫徹到底的計畫性也已經不會有多驚訝了。

「對，那麼，就順便消磨時間……我們去吃個飯吧。」

噗通。雖然會是這樣的場面也說不定，不過總覺得哪裡不太對勁啊真是的。

「嗯，好啊，我剛好也有點餓了。要隨便找間家庭餐廳吃嗎？還是都難得來大宮了，去吃點有大宮風味的東西怎樣？不過也沒什麼東西是有大宮風味的啊。如果有埼玉飯丸（註13）之類的就好了。哈哈。」

我開的玩笑一拋出去，不知為何日南就對我投以接近輕蔑的眼神。順帶一提，埼玉飯丸是用了米磨成的粉做成的埼玉名產的麵包。就像日本是以米、東南亞的一部分是以芋頭為主食一樣，埼玉人把埼玉飯丸視為習以為常的主食。

「你啊，現在可是要跟女性，而且是跟那個日南葵一起去吃飯喔？你覺得去那種一點氣氛也沒有，隨便就能找到的家庭餐廳就可以了嗎？」

「不不不，已經不是那種感覺了吧，我跟妳之間。」

「別說了。這附近有一間漢堡排專賣店。」

「哦，妳有去過嗎？」

「沒喔。」

「嗯——那麼，是怎樣？有什麼只有賣漢堡排的店才能做的特訓之類的嗎？」

「並沒有啊。」

「咦？是這樣嗎？那為什麼要去漢堡排專賣店？」

「只是我想吃而已呀。」

「咦？就這樣？」

註13　原文「さきたまライスボール」。

「……是啊。」

「只是想吃漢堡排而已？日南葵想這樣？」

「……怎樣？不行嗎？」

「不，並不是不行啦……」是我自然而然以為她又準備了什麼訓練項目所以才選了那間店。「原來妳喜歡吃漢堡排啊。」

「你很煩耶！是要說幾次啊……那間店在朋友間的評價還不錯。快點過去啦。」

她這麼說之後就朝著目標一步一步地走過去。哦，因為想吃所以要去嗎？這傢伙也有這種性子啊。嗯——令人意外。

後來日南帶我來的漢堡排專賣店，是一間看起來挺適合「彷彿森林中的藏身處的店」之類的宣傳詞，小巧又讓人覺得可愛的店。店外有著一張桌子，陽傘底下是木製的圓桌，桌旁放置著兩個仿斷木的椅子。是很適合形容成「簡直就是童話世界」的外觀。

我跟日南走過店外的位子而進去店內，在只有兩個位子的桌位坐了下來。我大略看了一下菜單然後「嗯，就點這個吧」這樣迅速地決定要點的餐，接著便等待日南想好要點什麼。不過等了三分鐘左右，日南還是一臉認真的樣子，默默地面對著菜單。

「……該點哪個才好。」

「妳猶豫真久啊？」

「你一臉決定好的樣子呢……選了哪一道啊？」

日南罕見地用有所顧慮的語氣說話。畢竟這傢伙像是會有「對於你要點什麼我半點興趣都沒有，我只是在選我想吃的東西」這種程度的想法的人，所以我有點意外。

「嗯。這個，番茄起司漢堡排。」

「這樣啊。對，那道也不錯啊。確實是那樣沒錯啊……」

她一邊以指腹按著嘴脣，一邊像是在尋找犯案證據一樣，面色險惡地低吟著。

「日、日南……？」

「欸，友崎文也同學。我這裡有個提案要你聽一聽。」

「嗯？」

罕見地以全名叫我讓我有點疑惑。她的表情非常地認真。

「聽好囉？我要點這個和風醬起司 in 漢堡排。所以……」

「嗯。」

「我這道，跟你要點的番茄起司漢堡排各分一半，這樣如何呢？」

日南把這種事講成好像非常重大的事件一樣，沉重到彷彿是判斷出之前沒有頭緒的凶器一樣。我差一點就不自覺地噗一聲噴笑出來。

「……你在笑什麼啊？令人不愉快。」

「啊，抱歉。」我這樣說的時候又有點要笑出來了。

「想吃番茄起司漢堡排，也想吃和風醬起司 in 漢堡排。只是說出在這種狀況之下的合理提案而已喔？我可沒做什麼會被笑的事。」

「說、說得也是呢。就這樣吧，就各分一半好了。」然後我想到了之前去義大利麵餐館的時候日南吃的菜色——培根蛋義大利麵。「妳啊，很喜歡起司喔。」

「煩死人了！我喜歡什麼都沒差吧！那就當成已經決定餐點要平分囉……你是要笑多久啊，真讓人不愉快。快點點餐啦。」

再笑下去就真的很失禮了，所以集中精神來壓抑笑意，照她所說的點餐。

一邊喝著拿過來的水一邊等待漢堡排的到來。

「說起來，數位錄音機你聽了沒？」

昨天日南給我的，錄下放學後反省會聲音的數位錄音機。畢竟是複習用而拿來的東西，昨天睡前還是從頭到尾聽了一回。

「嗯，有聽了。」

「覺得如何？有察覺什麼東西嗎？」

「察覺的東西？」

雖然是這麼說，但是就是當天放學後說的話在當天晚上再聽一次，內容也幾乎全部都記得，就算問我有沒有察覺什麼也……

「也對，說不定我問的方式不好。你有沒有發覺什麼『內容以外』的事呢？」

「內容以外……？啊。」

「有吧？」

「……聲音。」

對，有察覺到。說話的內容幾乎都跟記憶中一樣。只是，只有一件事跟自己的印象不一樣。

「我的、聲音，應該說，說話的方式？跟我想像中的完全不……」

「沒錯吧。」

她的口氣像是一直在等我這麼說。

「對。雖然常常有人會說自己的聲音跟自己的印象會不一樣之類的，不過因為長時間聽了那麼自然的對話……才讓我有點驚訝。我說的話也太小聲太細碎了吧。」

「……嗯，自己聽一次就能察覺到那點呢。這樣的話就有藥醫了。」

「是這樣嗎？」

「對。這番話不管對音痴還是怎樣的人都可以說。既然你已經察覺自己發出來的聲音很怪的話，只要反覆練習就能改善了喔。至少能改善到一定的程度。」

「原來如此。」

我覺得之前也聽過類似的話，說是不知道哪裡有問題的話才是真正的音痴。

「……不過你講話真的特別小聲又細碎，做個訓練加以矯正會比較好。」

「我、特別小聲又細碎嗎？」

「對。你說話的方式聽起來會小聲細碎，是因為你太過依賴話語了。」

「太過依賴話語？」

「比如說，我在說明某件事的時候，你有時候會說『原來如此』或者『是這樣嗎？』之類的話，在話語上添加各種樣式吧？」

「咦，有嗎？」

「就是有啊。或許是下意識那麼做吧。我想，應該是怕一直說同樣的話會失禮之類的意識在運轉造成的……重點是，話語本身是有所轉變，但音調是一樣的。」

「音調一樣？」

「對。也就是說像表情、抑揚或者肢體動作之類的，你在對話中不太會用到那種東西。你一直保持同樣的抑揚與音色。」

「啊──」

說不定就跟她說的一樣。

「所以才會那樣。那麼，在這段吃午餐的時間，我要給你一項課題。」

「課題？」

「對。而那個課題就是──」

「嗯。」

「──接下來你對我說的話，只能用『AIUEO』（註14）來附和。」

註14　日文五十音前五個音「あいうえお」。

「只能用『AIUEO』來附和？」

那樣子怎麼能訓練到音調啊？

「看來你沒聽懂呢。聽好囉？只能講AIUEO的意思，就是只能說『啊』、『哦』或者『咦？』之類的話而已喔。」

「嗯，是那樣沒錯……啊，現在還不用那樣嗎？」

「現在先不要沒關係。而且啊，你知道對話語做那種限制的話會怎樣嗎？如果你要在那種狀態將自己的想法傳達給對方的話，一般會怎麼做？」

「……啊——原來如此。」

「只能以表情與語調，還有聲音大小跟身體的動作來表現感情了吧？」

「……確實是那樣。」

「也就是說。」

這麼說著的日南，先以可怕的口氣皺起眉頭而說出「啊？」。

接下來，以像是發現什麼東西一樣的口氣睜大眼睛，說了聲「啊！」。

再接下來，她擺出像是「原來如此～」，看起來有點遲鈍的表情說了「啊～」。

最後她以很強烈的聲音，兩手抱頭說了聲「啊——！」。

「……像這樣，就像你看到的，光是一個『啊』就有許多的表現方式。你只要習慣像剛才那樣，能自然而然以抑揚、肢體動作、表情或者聲音的大小來傳達心情的話，就能消除那種小聲又細碎的說話方式了。」

「……妳還真拿手啊。」

首先注意到的是她那莫名厲害的演技。還有不知道該不該說是華麗，每種表現都挺可愛的。

「就像這樣，如果話語受到限制，就只能以其他方法來表現內心的感受，所以自然而然就會熟練了。反過來，也可以說你一直以來都換很多方式在說話，才會讓話語以外的表現一直處於退化狀態吧。」

「……嗯，大致上瞭解了。」

「好。那麼就從現在開始，自己要說話的時候沒關係，只要附和的時候做到就好。」

總之，把像要開始進行的附和換成AIUEO……

「喔！」我一邊充滿氣勢地說，一邊在臉的旁邊握起拳頭。

「第一次就很威風了呢。該不會你的底子意外地不錯？」

受到稱讚了……這樣的話。

「……耶——！」兩手高舉歡呼。我想了很多但結果只想到這個。

「還真不錯，像個傻瓜一樣。還以為你一開始會因為害羞而只能做出小幅度的動作呢。」

被否定了。要將這種「開什麼玩笑！」的想法反映在外表上的話……

「啊？」皺起眉頭，擺出一副不服氣的樣子出來。

「如魚得水呢，讓我有點生氣了喔。不過你覺得怎樣？這樣的訓練不錯吧？做為回禮，這間店的花費，可以幫我付嗎？」

這種「不不不先等一下！」的心情要表現出來的話……

「喂！」把手往前伸，像是吐槽一般地說出來之後。

「讓您久等了。這是和風醬起司 in 漢堡排……咦？友崎、同學？」

馬上就突然被店員小姐叫起名字。

「咦!?」我就順著剛才的勢頭以一樣的方式回答。把眼光轉向端來漢堡排的女性的臉之後，便看見像是把繪本與少女漫畫加起來除以二再加上光芒一般的女性，也就是同班的菊池風香同學。我跟她之間有著在她注視下擤鼻水的交情。她戴著平常沒有在戴的眼鏡，太適合她了。

「唔喔!?」自然而然就以剛才的要點，只用AIUEO回覆她了。

「咦？小風香!?欸——原來妳在這打工啊！真巧！」

又有其他同班同學過來了嗎!?我這麼想之後才發覺說話的是日南，她的劇烈變化還真厲害。

「對，是這樣沒錯……差不多一個禮拜前開始的，因為，這裡的評價，還不錯……」

「最近真的在學校也造成話題呢！我也一樣，想來吃一次看看，今天才第一次過來。」

「對對對！」還殘留著到剛才為止的誇張肢體動作餘韻的我這麼說。

「啊……原來是這樣啊……不過，為什麼……？」

「咦？為什麼是指？」

我覺得日南她恐怕是在內心有底的狀態下說的，卻幾乎沒有把那種感覺表現在外表上。菊池同學以一種會讓人覺得是不是只有她看得見妖精的、覺得不可思議的眼神，交互看著我與日南。

「對啊！最近家政課的時候變得要好了呢。」日南馬上如此回答。還真會說謊呢。

「……兩位，原來很要好呢……還滿、意外的……」

「……啊，是那個時候。」

菊池同學輕輕笑了兩聲，眼鏡下修長的睫毛帶著魔性輕快地跳動。

「啊，不好意思，那是我點的！」

日南指著菊池同學一直端在手上的漢堡排而這麼說。

「啊，也對，來……那麼，請您……慢用。」

這麼說著而露出高尚笑容的菊池同學，十分吻合這間如同森林一般的店家的氛圍。

「……走了嗎？」

「對。」

「該怎麼說……沒有被看穿吧？各種層面上。」

日南只有一瞬間沉默了下來。

「嗯，應該沒問題吧。就算我的口氣有一瞬間被聽到了，大概也只會被當成是在扮什麼玩，我可不會大意到讓長時間的對話被別人聽進去喔。畢竟這間店在學校評價不錯，我也有考慮到店裡的客人可能有同學在的可能性。」

「啊，是這樣嗎？」我完全沒有想到這點。社交障礙的威能。

「不過，店員是同學這點倒讓我有點驚訝。這沒在我的警戒範圍之內所以反應慢了點。而且她還戴了眼鏡……不過既然已經知道就沒問題了，不會出任何差錯。」

……這傢伙這麼說的話那應該就是那樣了。

「不過，這樣子就很難做事了呢。說起來，只是一般同學的話繼續做剛才的附和訓練也沒關係……但是是菊池風香的話，情勢就不太一樣了呢……」

「……什麼意思？只是一般同學的話是指什麼？」

菊池同學是什麼特別的同學嗎？

「對，這一陣子的實踐中，我有想過會不會是那樣——但是今天的反應讓我有所確信了。」

「有所確信，是確信什麼？」

我這麼詢問之後，日南就露出無懼的笑容，同時這麼說。

「菊池風香。她就是你第一個『要攻略的女主角』喔。」

＊　＊　＊

我當然是沒辦法直視沒過多久就端來番茄起司漢堡排的菊池同學的臉，而且在那之前我就已經陷入了混亂。

「等、等等一下啊！妳說那到底是、什麼意思啊。」

「看你動搖成這樣，我覺得就跟你心裡想的一樣，是正確答案。」

日南喝著馬克杯裡的飲料，優雅地這麼說。

「也、也也也就是說，之後要跟菊池同學交、交交交交往，的意思……！」

我的感情正高漲著，但是不能發出很大的聲音而以微妙的氣勢說話。

「就是這樣。中等程度的目標，在高中二年級的期間內交到女朋友。而對象就是她囉。」

日南像是刻意般，平淡地這麼說。她是在戲弄擺明非常動搖的我。

不過我不知道該從哪裡問起，也不知道該說什麼才好，總之就先語無倫次地

「為、為為、為什麼？」這樣子詢問理由。

「說起來，理由有很多啦。」

她一邊這麼說一邊把漢堡排含進嘴裡而咀嚼，吞下去。擺明是刻意要讓我焦慮。

「最大的理由是，在你搭話的四個人之中，她是最有希望的。」

「希望？」

菊池同學？會對我？

「一半。」

我因為突然的這句話而「咦？」陷入疑惑。

「來，漢堡排。」

「啊，好。」

話題一直沒有推展下去。這傢伙為了讓我焦慮還做到這種地步啊，還是她真的很想吃漢堡排呢。總之先把各自的漢堡排交換一半。

「雖然我不知道理由是什麼，你想想，跟優鈴搭話的時候不就是了嗎？從那時開始就有一點徵兆了喔。」她這麼說而指向我的鼻子。「優鈴問小風香『有沒有帶面紙？』的時候，她的反應莫名地快吧？」

「啊，這麼說的話……確實是那樣啊……不過，那又怎樣？」

「那個時候啊，你問優鈴有沒有帶面紙的時間點，小風香就已經在找面紙了喔。而且只是在旁邊聽到你問優鈴而已。」

「哦……」那點我倒是沒發覺，不過，「……咦，就這樣？」

「不是，那只不過是一點點徵兆。不過，雖然覺得有點不自然，她也可能是對誰都很溫柔的女孩子，並不代表那一定是針對你的好意。不過，應該也能看得出來，她並不會特別討厭你吧。」

「這樣說也對。那妳怎麼確定？」

「那是因為。」日南一邊這麼說一邊指著自己的起司 in 漢堡排。「她把這個端過來的時候，有發覺到我們兩個吧？你還記得，她那個時候說了什麼嗎？」

「咦……？她有說那麼重要的事嗎？」

「對。她啊——說了『咦？友崎同學？』喔。」

日南又指著我，像是有著百分百的把握而這麼說。

「……咦？所以又怎樣啊？說起來，有同學在的話至少都會叫名字吧？」

日南嘆了一口氣，然後，把手放上了胸口。

「明明那個『日南葵』也在？」

「……啊——原來如此。」

我接受她的說法了。雖然接受了，不過又一次對這傢伙做為前提的自信感到欽佩。

「在我們的學校裡頭，我可是非常像明星的存在。而且，還是很容易親近的類型。所以一般來說，在偶然看到的群體中如果有我在的話，會先叫的一定是我的名字啊。但是她卻一開始就直接說『友崎同學？』了喔。這就是看起來雖然沒什麼大不了，卻是決定性的一起事件喔。」

日南的表情認真到了極點，我對已經習慣這傢伙自信滿滿表現的自己感到可怕。

「不，有到那種地步？」

「有到那種地步喔。不管怎樣，你先試著想想看。如果這次的情形不是有我這樣的大明星在也是一樣。如果看到有男生跟女生各一個人，自己又是女生的話，不管怎麼想，一開始最好叫的都是女生的名字吧？如果當下就叫男生的名字的話是怎樣呢？」

「那樣的話……確實不太對勁。」

「明明是這樣卻還叫你的名字，看起來很普通但其實是非常不自然的行為喔。當然，如果是只發覺你的存在的話，情況就不一樣了，不過我這種程度的存在要不被人發覺基本上就是不可能的。所以這次的情形，如果不是她還有某種程度的希望，就是小風香她在那方面的感覺真的跟一般人不太一樣，只有這兩種可能性喔。」

日南一邊這麼說著一邊吃完了漢堡排。

「沒發覺妳在的可能性就被那樣當成不存在，沒問題嗎？」

日南無視我所說的話而繼續講下去。

「不過據我所知她是個普通的女孩子……所以大概會有希望呢……欸，你有沒有什麼頭緒？」

「頭緒？」我試著去想起各式各樣的事，不過，「不，完全沒有。」

「……這樣啊。」她露出了困擾的表情。「那麼，該不會真的是我搞錯了……？」

日南罕見地露出了聽起來沒什麼自信的語氣。

「不過，如果真的搞錯了的話，是不是把攻略女主角的決定取消掉會比較好呢？」

「這樣就不對了。」斬釘截鐵。「不管原因是怎樣，對現在的你來說，她是最適合的。就算搞錯了，該攻略的主要女角還是那孩子。」

「但、但是，真要說起來我也不知道是不是喜歡她。」歸根究柢，我會因為這點而有所抵抗。

「……你不覺得她很可愛嗎？」

「咦？」

日南拋過來的問題突然來了個急轉彎。

「小風香。我覺得她非常可愛的說，你覺得怎樣呢？」

「……不，這個嘛……我是覺得她很可愛。」

「對吧，那這樣不就可以了嗎？還不知道喜不喜歡，可是因為她滿可愛的所以有點在意，所以就稍微進攻看看。再藉由這樣，去確定是不是真的會喜歡上她……有什麼奇怪的地方嗎？」

「不，要是用那種說法的話就……」

「這種事啊，並沒有到每個細節都要在意的程度喔。」

不，說什麼這種事。這真的是那麼細微的事情嗎？我在煩惱。對於沒有付出真心有所顧慮，但歸根究柢是對於進攻的行為感到恐懼。再加上身為玩家的堅持。這些想法交錯在一起。然後——

「……我已經決定，要認真玩玩看這款遊戲了。我做。」

我這麼說出來了。那是已經決定過一次的決心。就算有要顧慮的事，總之就先去做看看再想就好了。想必不會突然就陷入為時已晚的情況才對……應該吧。

「這樣啊，真不愧是你。」日南一邊這麼說一邊把菜單拿到手上。

「妳要吃什麼嗎？甜點？」

「對，你也要吃點什麼嗎？這裡的蛋糕，似乎也挺好吃的喔。」

「哦。」我大略看了一下菜單。「那我點提拉米蘇。」

「我就點起……」日南說到這邊，臉就紅起來而沒繼續說完。

「起？」

我反問回去之後，日南的表情就變成非常非常地平靜，到了不太自然的程度，應該說擺明就是裝出來的。然後她就保持那樣，用著不自然程度跟表情差不多的平靜口吻，說了這句話。

「我點起司蛋糕。」

我差點又要笑出來，所以腳在桌下被踢了一下。

接下來前去的髮廊，沒發生什麼特別的事件而安穩地度過了。我受到的指示是請設計師「剪個適合的頭就好」，之後全部交給對方就行，而我也照做完成了任務。還有，我也有被說眉毛要請設計師修一下，所以我也那麼做了。因為在服飾店都已經落到那種下場，我就以全部都放開的氣勢完成了所有的事。總共花費了四千八百圓，比平時剪的貴了三千八百圓。照了鏡子，發覺給人的印象變成醜臉上面頂著比平常還要時髦的頭髮。太好了，真悲哀。

就這樣，這個星期六學了選衣服的方法、髮型跟眉毛的要求方法，以及說話方式的語調練習法，而在黃昏的時候解散了。

然後在到家之後，這款『遊戲』終於有了第一次的小小動靜。

「我回來了～」

比平常還累到無力的我一邊把鞋子脫掉亂丟，斜身晃進客廳。爸媽不在，妹妹則穿著不知道是不是熱褲的褲子，樣子像個傻瓜一樣露出整條大腿而且就那樣陷進沙發。

「……妳啊，邋遢過頭囉。」

我直率地這樣責備她。然後妹妹看都不看這裡。

「啊!?我可不想被哥哥你這麼說！你那什麼奇怪的模……」妹妹一邊這麼說一邊轉向我這裡。「……咦？」

然後露出了明顯很困惑，像是看到了什麼難以置信的東西一樣，眼睛睜得大大的表情。妹妹看著我的視線就像是從頭打量到腳邊一般。

「……哥哥……我說啊……」

這、這是！

＊　＊　＊

「日南！日南！」

隔週的星期一早上。我充滿幹勁地衝向先到了第二服裝室的日南。

「……可以不要這樣嗎？像條噁心的狗一樣耶。」

「不不不說什麼噁心那是不必要的主觀比喻吧！」

「怎麼了啊，一大早就這麼有精神地吐槽。」

我威風凜凜地放聲說話。

「一開始的『微小的目標』，說不定已經過關了喔！」

一這麼說，日南的眼光就有所改變。

「咦，真的嗎!?是家人說的？對你說了什麼啊？」

她的眼神明顯地閃閃發亮。我莫名地也為此感到高興。

「對啊，是妹妹說的！妳聽聽看啊！這樣到底算不算過關！」

「嗯，可以啊。你應該沒搞錯吧？」

「對！應該吧！」

「那，她對你說了什麼？」

「她說啊……」

現在的心情想來個連續擊鼓啊。

「『……哥哥……我說啊…………那樣子，是單以哥哥的品味來說不可能發生的變化吧……？怎麼了？你是讀了要增加魅力脫離阿宅的書還怎樣嗎？』這樣！」

日南她，浮現了像是困惑又像是苦笑，難以言喻的表情。

「……嗯，這樣可以算是達成目標……不過你對那番話竟然能開心到這種地步啊？」

「煩死了！過關就是過關！」

「嗯，也好。恭喜你第一次達成目標。了不起喔。」

「謝、謝謝。」我帶著疑惑而這麼說。

「——或許你心裡有著自己什麼都沒做之類的想法，不過沒有那回事。確實，服裝就是假人模特兒身上那套，頭髮也只是去給別人剪而已。然而，心裡想著要那麼做而跟隨我的行動與意志，還有為了改善表情與姿勢而每天確實實踐的努力，都發揮了不小的效果喔。雖然沒有單靠你自己的力量，不過這一定是你，靠自己，以自己的手，抓到的成果喔。」

日南把我內心深處的一點點異樣感受般的東西化為流順的言語，同時也筆直地注視我的眼睛。

「所以，我再說一次——恭喜你。」

「……喔，謝謝。」

因為她都那麼說了，所以我第二次的道謝有辦法稍微比剛才更發自心底了。這樣啊，我已經在名為人生的這款遊戲裡達成一項目標了嗎？

「那麼。」日南就這樣無視我的餘韻而順暢地說起話來。「我來發表下一項微小的目標。」

「喂，也太快了吧。」

「這是當然的啊，為了抓取成果可是要日日精進的，只能踏穩腳步走下去而已。」

「嗯，我知道啦。」

「那我就發表了喔。下一個目標，也是十分簡單的。」

我就連咕嚕吞口水的閒功夫都沒有。

「就是『跟我以外的學校裡的女生，兩個人獨自去某個地方』喔。」

「給我等一下！」

我反射性地伸出手制止她。

「……怎樣啊？你該不會又想頂嘴，講那些完全顯現出你吃不開也不是現充的那些話吧？」

「才不是咧！但那個目標也太奇怪了吧！」

「哪會啊？」

「因為妳說兩個人獨自去哪還怎樣，那不就是，幾乎跟在交往差不多了嘛！」

我自信滿滿地喊出正確的論點後，不知道為什麼，日南露出像是打從心底傻眼，不，應該說是超越了那種境界而甚至讓人感受得到慈愛的表情。

「唉……欸，我就以你沒談過戀愛為前提好了，你連戀愛劇或者少女漫畫之類的都沒看過？」

「……不，看是有看過。」

「那你應該知道吧？兩個人一起出去等於交往的說法，現在已經連國中生都不會說了喔？」

「……是、是這樣嗎？」被這麼一說讓我覺得不安。

「對啊。不過，為了確認有沒有合得來到可以交往的程度之類的，而把交往這件事加入考量的場合的確是很多的樣子。」

「那、那麼……！」我緊緊抓著垂下來的蜘蛛絲。

「你還要繼續說下去？」

被她悲哀到不行的眼神看著，我急速地變得愈來愈渺小。

「呃、喔……不過，也就是……那樣……而已嘛？」

「對。總之你就要朝著那個目標而邁進囉。如何，你準備好了嗎？今天也有事情要讓你去做。」

然後日南就像理所當然一樣繼續說了這句。

「就是要對泉優鈴搭話兩次以上。」

「先等一下！」

這次我抱著「完全抓到妳的尾巴囉！」的確信制止日南。

「可以不要每次都打斷我嗎？」

「不是這樣！這次確實很奇怪吧！妳昨天，不是說了要攻略的女主角是菊池風香嗎？那麼該搭話的就不該是泉優鈴而是菊池風香吧！」我氣勢十足地這樣指出問題，然後就空虛了起來。「……不過說起來，這可能只是妳單純說錯了而已吧。」

我覺得把抓到人家不小心說錯話當成立了大功一樣而騷動起來的自己挺丟臉的，說不定是因為平常都一直被砍傷而想要報復一下吧……我這麼想的時候，她回了出乎我意料的話語。

「你在說什麼啊。你不是要對菊池風香搭話，是對泉優鈴沒錯喔？」

「啊……？不對，妳可別堅持喔，是講錯了才對吧？」

「……你啊，我可是日南葵耶？你覺得我有可能會『講錯話』嗎？」

「不，妳難道連講錯話都不可能發生嗎？」

「聽好囉？要攻略的女主角確實是菊池風香。不過啊，名為現實的遊戲中的戀愛系統，跟普通的戀愛模擬遊戲可是不同的喔。」

「……這是啥意思啊？」

日南先說了一聲「那是因為」做為開頭。

「戀愛模擬遊戲，是在決定一個要攻略的女主角之後，只要非常老實地選擇能讓那個女生的好感度提升的選項的話，就可以完成攻略了。」

「對，是那樣沒錯。」

「不過，現實中並沒有辦法那樣。沒有那種已經定好的路線。」

「妳說的是沒錯，不過這跟泉優鈴有什麼關係？」

「我拿射擊遊戲來做比方。」她又開始了。「已經剩下零命的狀態，跟還有幾命可以消耗的狀態……哪一種情況比較能流暢地行動呢？」

「咦？」我疑惑了一下。「嗯，雖然這跟性格也有關……不過會因為剩下零命而緊張起來，沒辦法像平常一樣行動的那種人，感覺應該比較多吧。畢竟我也是那樣。」

「鬼正。」

「說出來啦。」

「一般來說，還有剩下幾命的話比較能做出優異的行動。」

「……呃，所以那又怎樣？」

「唉。」一如以往的嘆氣。「所以啊，戀愛也就像那樣啊。」

「呃……也就是說？」

「還不懂？感覺能交往的女生只有一個人而已，如果沒跟那個女生交往就完全沒有其他候補的狀態，這就是已經剩下零命的狀態了吧？」

「的確是。」

「這樣想的話，在能交往的女生有幾個人，如果跟這個女生沒辦法交往的話還有其他幾個候補的狀態之下，就能保有餘裕而跟對方交手了吧？」

「……原來是這麼一回事。」我是理解了，不過，「那就是所謂的備胎吧？不對啊日南，妳剛才說的可是那個泉優鈴耶？那我沒辦法啦。是我要進攻耶？」

我很罕見地自信滿滿地斬釘截鐵。

「也不是要你侷限在泉優鈴身上。只是說在那樣的狀態下就能以比較好的精神狀態行動。」

「也是……不過，就算是那樣好了，那種行為不就是沒有付出真心嗎？」

畢竟是那種把幾個人當成備胎的行為。

「我說啊，我可不是要你去騙人喔？只是在說，交幾個說不定有發展成戀人可能性的女性朋友，跟餘裕有所關聯而已。」

「不，可是沒有始終如一就……」

「啊，你很囉嗦耶。就是那樣像宗教一樣迷信『真心』或者『始終如一』那種沒有內涵只有外表漂亮的話語，而做出從真正有生產性的行動上失焦之類的、沒營養的事，日本在國際上的決策才會落後於他國啦。」

「怎麼突然把話題擴展到國際了啊!?」然後我稍微想了一下。「不對，要是那樣造成菊池同學的好感度下降的話，不就一無所得了嗎？」

「並不會那樣喔。我說啊，在一般的戀愛模擬遊戲選擇讓其他女生好感度提升的那種選項的話，確實有可能讓主要攻略的女孩子的好感度下降。」

「沒錯吧？」

「可是啊，現實中可不一樣。反而現實中『如果提升了某個女生的好感度，那麼那個女生以外的女孩子的好感度也會提升』喔。」

呃──也就是說……

「……在女生之間的評價會提升，是這個意思嗎？」

「嗯，簡單說起來就是那樣。另外還有會刺激獨占欲、身為男人的位階看起來變高等等，效果有分很多種喔。」

「嗯──是這樣啊……總之我是懂了。」

不管怎樣，我是不覺得現在的我有辦法在女生之間提高評價就是了。

「……嗯？除了那個之外，不用對菊池同學做些什麼嗎？她不是主要女角嗎？」

「對。不用做什麼。」日南只這麼說就止住了言語……算了，她應該有什麼想法吧。

「……我知道了。只是我會在自己不會覺得沒付出真心的範圍內進行。」

「那就是你的自由囉。說是這樣說，因為亂七八糟的理由而逃避的話就不對了喔？」

說起來，歸根究柢是要處在那種會被人說沒有付出真心的狀態，又不得不變得很受歡迎，所以我還沒辦法想像自己會變成那樣。沒問題吧？其實我心裡還是有這樣子的空隙啦，不過對她說這種話的話又會演變成「你到底有沒有心要去做？」這種狀況，所以我不打算說出來就是了。

「瞭解了。那樣想的話效率上確實會比較好的樣子……而且，如果沒有以那種程度的打算去行動的話，感覺就挺遙遠的啊……達成『中等程度的目標』的距離。」

在升上三年級之前，交到女朋友。要達成這種莫名誇張過頭的目標。

「是啊。」日南點頭。「像這樣好好地確認目標也很重要。」

「OK……我會試試看。」

「還有，關於你該對她說什麼這方面。」

「啊，我算是有把話題之類的東西背起來……」

我這麼說之後，日南有一點點驚訝，然後就像很開心似地笑了出來，而說了「那就交給你了」。

對泉優鈴搭話兩次——該怎麼說，我覺得如果是之前的自己的話，應該當場就會覺得做不到之類的而直接放棄，不過現在卻萌生了只要努力的話說不定就能做到，像這樣的小小自信一般的東西，讓我自己莫名地覺得奇妙。

「啊，順帶一提，這是這星期『每天』都要做的事。」

「咦⁉」

然後那東西馬上就被摘掉了。

5　得到強大的招式與裝備之後就像騙人一樣地順暢闖關真開心

跟日南一起出去的星期六以及隔一天的星期日，我進行著一直做到現在的表情與姿勢的訓練，同時也徹底實行日南教我的『把話題背起來』還有『附和語調的練習』。

把話題背起來的部分是用自己唸書的時候常用的，用紅筆寫下內容再用紅色的透明板蓋起來的方式。我背了自己拚命去想、好不容易擠出來的幾十個話題。至於附和語調的練習，畢竟我也沒有什麼能對話的人，所以就跟母親或父親……其實跟他們也不會對話到那種地步，所以就打開電視對談話節目之類的進行附和，用著這種悲哀的方式來做練習。是跟上通告的人同時做出附和。

那時我發覺到一件事，我是因為只能用『ＡＩＵＥＯ』所以才打算誇張地附和，但那麼做的我，跟電視上同時進行附和的藝人相比，語調上的差別其實沒有很大。

而且，冷靜地觀察電視裡演的，也不會特別覺得藝人們的附和方式有多誇張。

──也就是說，我自己一直覺得很誇張的這種語調，從其他人的角度來看其實是很自然的語調才對。相反的，也印證了我一直到現在給人很陰沉的印象。

「哎呀！還真的不知道呢！」

挺起胸膛、縮緊嘴角，並且以豐富的表情跟開朗的語調說出這句話的自己，讓我覺得不太像自己所以挺難為情的。

——所以，這樣應該會比之前的我，在各種層面上都能更加完善地應對才對。

星期一，教室。

「欸，泉同學，英文的日譯寫好了嗎？」

說不定聽起來像是輕率地說了平常不會講的話，但真要說的話其實是如果聽起來像那樣就太好了，不過我的心臟跳得很劇烈啊。從第二服裝室走回教室的途中，我就一直鼓舞自己要說囉要說囉要說囉，鼓舞加上鼓舞的結果就是，一坐到座位上也沒有不自然地隔一段時間就直接說了出來。當然這個英文作業的話題，也是我背起來的話題之一。

「咦？呃，友崎同學？怎麼？你沒寫嗎？」

她驚訝地說了「呃？怎麼？」這樣的開頭，但因為是我對她搭話所以也莫可奈何。

「不不不，我有寫喔。」

泉同學的表情看起來是愣了一下，不過今天的我可跟平常不一樣喔。

「咦，那怎麼了？」

泉同學微微退開身子、緊緊地盯著我這裡，明顯地有所警戒。咦？情勢不妙？不，現在還平安。再怎麼說，我這裡可積了不少背起來的話題呢！

「不，妳想想，突然出現馬可斯‧布迪這種莫名其妙的人名啊，不是挺好笑的嗎？」我全面動員自己能夠做出來最大限度的自然語調和表情這麼說。

「馬可斯……？抱歉你說啥？我聽不懂。而且我還沒寫日譯作業……」

……呃，那我應該怎麼應對呢。咦？我還記了什麼話題啊？稍等一下。咦？呃——應該還有十幾個才對啊。咦？頭腦一片空白喔。

一開始那空虛的餘裕被吹散得不留痕跡，只留下異常快速的鼓動而已。

「啊，這樣啊！」我是打算用開朗的語調這麼說，不過因為焦慮而不知道變得怎樣了。

「嗯，說起來你怎麼這麼突然。只是要說這個？」

「啊，嗯，抱歉。」完全沒有能夠繼續維持開朗語調的心情。

「也沒什麼大不了的……呃，說完了嗎？」

「啊，等一下……」

「嗯？」

「呃……啊，不，沒……沒什麼事。」

確認了我那無力的肯定句，泉同學先是歪了頭一下，然後就迅速往後面的窗邊，老是由那幾個現充所占據的區域移動過去。

咦？

——雖然會想說畢竟努力過了，所以應該能夠順利執行，卻一點成果也沒做出來。哈哈哈哈哈。這是怎樣？說起來，不不不，這是當然的啊，因為是我喔。搞錯什麼鬼啊，別太得意忘形啊，我就是這種人啊。從以前到現在都是這樣啊，做不到做不到，沒辦法沒辦法。果然是那樣啊，要我實踐還太早囉日南。

完全喪失戰意與自信的我根本就聽不進上課內容，腦袋裡轉來轉去的只有放學後的反省會裡會被說成怎樣，還有我應該說什麼才對之類的事。不過，就像要說「那種事情不干我的事」一樣，第二節課跟第三節課之間的下課時間，我從廁所回來的時候，我放在桌上沒收起來的講義上寫著這種短短的句子。

『一天「兩次」』

真的假的啊……日南同學，是要我再一次體會那種地獄嗎……？

「呼——！」

儘管因為自信曾經破碎而迷失，不過畢竟是自己決定的事只能做下去。我強制啟動這種以 AttaFami 跟其他遊戲培養起來的不服輸的精神，人為地再次點燃鬥志。要是輸在這裡就是輸給自己。啪，我用雙手拍臉頰。既然決定要做就做下去，既然決定要做就做下去。要停手的話得等到判斷這是一款糞作而全部放棄的時候，在那一刻之前只能繼續進攻。

反正她也不是主要女角而且也沒什麼關聯，所以不管對方怎麼想都沒差吧！所以不要緊！就算氣氛變得很怪，也只是羞恥一時！沒事的！

我就像這樣對自己施加自我暗示而尋找著時機，不過在第三節課之後的下課時間、午休、第五節課的下課時間，連續三次錯過了能夠搭話的時機。

如果是物理上做不到那就算了，要是有機會卻因為覺得恐怖而逃跑就不可理喻了。我覺得那是不該發生的。不管怎樣都要用這股鬥志讓身體行動才可以。

然後是放學後，放學的行禮結束之後沒多久。要是錯過這個機會的話，泉優鈴又會像平常一樣移動到後面的窗邊，與現充集團會合而踏上歸途吧。實際上這就是最後的機會了。背起來的話題也還有能用的。說這個的話就不會不自然到那種地步，大概吧。沒問題的！

「我說啊，泉同學。」

——像是只有自己能聽到一樣的少許音量。

當然，泉優鈴沒能察覺用那麼小的音量所說出來的話語，而跟平常那群人會合，回家去了。

「嗯，光是能到這裡來就很了不起了。」

放學後的第二服裝室。日南彷彿看透我的心思一般而這麼說。

「……對不起。」

我自然地這麼說出來。我真的發自內心覺得很抱歉，說是很消沉也一點都不誇張。

「如果我是你的朋友的話，這時候應該會說些體貼的話吧。」我很消沉的關係，所以沒辦法看向日南的臉。「不過我的立場是你的指導者，就算說是朋友的話那也只是戰友，所以我頂多只會指導你。」

確確實實，我覺得她剛才說的全部都是對的。

「今天的反省會挺短的喔。我想說的事情只有兩項。」

「只有兩項？」

「對。首先是第一項，『撒嬌的話就結束了。找藉口的話也會直接結束。要好好反省』。」

日南說話時帶著嚴厲的眼光。

「……好、好的！」

我的內心大聲地發響。

「接下來，第二項。『明天開始，也要以現在的狀態努力下去』。」

「……咦？」

「今天你的行動在我預想之內喔。我是把演變成這種情形的可能性也考慮進去才提出課題的。所以沒有問題，這樣子的確有訓練效果。不過，你一定要把確實達成一天兩次的額度這件事好好放在心上。就只是這樣。懂了嗎？」

「預想之內？」

「對。所以明天開始一定要好好做到。」

「不……不過，說真的我不知道還有沒有自信能再搭話……畢竟話題也失敗了。」

「今天那樣是偶然喔。只是優鈴剛好沒做日譯的作業所以才沒有成立，單以話題來講的話並沒有那麼糟，說話的方式跟表情那些，也算是及格吧。算低空掠過。」

「是、是這樣嗎？」

「對。」

「不過，我連下次準備拿來講的話題有沒有問題都不確定……」

「你想太多了。話題根本講什麼都可以。如果真的沒得講的話，就說說對方的表情或者髮型之類的，把『跟對方有關的事』當成話題的話，多少就能聊起來了。總之你想講什麼都沒差。」

「是、是這樣嗎……？」

「對。所以你明天也用那種狀態進攻的話，能直接讓對話成立的可能性就很高了。」

「……可是。」

「啊，真是的，可是來可是去的很煩耶！聽好囉？『可是』這種話啊，不是在找藉口逃跑的時候該拿來講的話，而是做出妥協，並且把狀況修正到更好方向的時候該說的話喔。我有說過假話嗎？你乖乖地閉嘴照做就好啦。」

然後我的屁股突然被粗魯地抓了一下。

「哇喔⁉」

「像這樣被人說教的時候都有確實做到姿勢訓練就是最好的證明。你不是有好好地努力嗎？聽好囉，雖然我不會說所有的努力都會得到回報，但是這種程度的、朝向沒有那麼遠大的目標所做的努力啊，只要正確地進行下去，無論是誰都一定會得到回報的。」

「日南……」

妳這個人其實……

「……怎麼了？發什麼呆。反正你一定又在亂想有的沒的吧？有那種閒功夫的話，就去想想到目前為止的反省或者接下來該怎麼做之類的吧。你可是比你想的還要嚴重，問題一大堆喔？該說是裝備著毒、混亂、詛咒狀態，派不上用場的傢伙吧。」

其實是很體貼的人……我差點就這麼想了。真危險真危險。

然後到了隔天。既然日南都那麼說了那大概就是真的，維持那種感覺搭話的話，對話成立的可能性應該本來就很高吧。說起來的確是那樣，『讓對話成立』這件事本身的難度不會高到那種地步才對。就算是我也算是能順利跟家人進行對話，跟日南也能聊起來，而且也想辦法跟深實實聊了天。所以重點是要有話題而且說話的方式夠自然就可以了，接下來就只是勇氣的問題……我覺得是這樣。

昨天一整個消沉到底回家之後，我發郵件給日南問了泉優鈴的交友關係之類的資訊。藉著那麼做讓話題又增加了十幾個，也都完美地背起來了。為了在緊張慌亂的時候也有辦法想起來，這次更加精心謹慎。這樣子就沒問題了……我希望能讓自己這麼想。

早上班會的時候沒有時機能搭話，不過第一節課結束之後，時機到來了。

總之先上再說！

「欸，泉同學。」

泉優鈴轉向我這邊。確認到這種情形的我就誇張地——想必看在其他人的眼裡並沒有多誇張吧——刻意壓低音量這麼說。

「我說啊，中村他還有對我生氣嗎？」

「咦？」頓時感到困惑的泉同學後來馬上像我一樣壓低音量，而且一邊微微地笑著一邊這麼說。「啊哈哈，說什麼啊，為什麼要找我問那個啊？」

那副自然而然高興起來的笑容緩解了我一部分的緊張，我馬上就這樣回覆她。

「嗯……聽說妳跟中村關係不錯。」

「什麼啊？誰說的？」

「呃——」就老實說吧。「日南。」

我們互相壓低音量進行對話。因為聲音小也沒辦法在語調上做多少變化，所以我把心思放在表情上頭。

「啊——友崎同學你啊，最近好像跟葵挺要好的喔？到底怎樣，發生什麼事了嗎？」

「不、沒，什麼都沒啦！」

「嗯——真的嗎～？」她一副不能接受的樣子。「算了，就這樣吧。所以，呃，是問修二還有沒有在生氣嗎？」

「對對對。」

「與其說是在生氣，應該是很不甘心的感覺吧——他那樣子。」

「不甘心？」我一邊明顯地皺眉頭一邊這麼說。

「對啊，他現在瘋狂練習 AttaFami 喔。到了噁心的程度。」

我因為他竟然有那麼做而驚訝的同時，也因為原來練習 AttaFami 算是噁心的事而受到傷害。

「咦——原來是這樣啊。」然後想起之前背起來的話題。「我啊，跟中村打 AttaFami 打贏之後，還以為在班上一定會被霸凌的說。」

「什麼啊，你那麼想喔？」她一邊壓低音量一邊笑。「還真糟耶。」

「嗯，所以我很在意之後會怎樣。」

「你擔心過頭了啦！不會變成那樣的啦，應該沒問題才對。」

「啊，真的嗎？這樣就好。」誇張地做出鬆了一口氣的語調與表情。

「啊哈哈，太好了呢。」

「嗯。」

好！這樣子就ＯＫ！撐下來了！跨過難關了！因為已經是對話結束的氣氛，如果再聊下去的話可能會出現破綻，所以就暫時撤退吧。一天要搭話兩次，所以到週五前還有七次要做。不能勉強不能勉強。

就像這個樣子，之後的七次，有時候是語無倫次，有時候是陷入尷尬而單靠氣勢撐過去。不過說起來，剛才那段關於中村的對話其實是時間拉最長的例子，其他的情況大概就是「我有搭話而讓對話成立了喔」的程度，一五一十地敘述的話就是在及格邊緣七連發的感覺。大概有三到四次是不及格的吧。「欸？泉同學，毛衣跟昨天穿的不一樣啊？」「咦？是同一件說……」「啊，是我看錯了嗎？」「啊，嗯。」「……」「……」這樣的對話如果不算不及格的話，就是三次。嗯，整體算起來應該有及格吧。哈哈哈哈。唉。糟透了。

「及格囉。」

「真的假的。」

第二服裝室。我真的是覺得不可能及格所以嚇了一跳。

「真要說的話，有確實實行一天要搭話兩次的課題的時間點，就已經合格了。」

「……是那樣嗎？就算對話失敗也沒有關係，的意思？」

「沒錯。」這時我才恍然大悟。

「也就是說……那是要試探我有沒有勇氣搭話的試煉嗎！」

「猜錯了。」

「咦……？那、那到底是怎樣啊？」

我這麼說之後，日南的指頭就擺出V字型而這麼說。

「有所謂 Game Over 的情況吧？那總共有兩種，你知道嗎？」

「又突然說這些。Game Over 有兩種……？什麼東西啊？不知道。」

「那就是。」她把左手與右手照順序一個一個朝上並且張開手掌而這麼說。「以儲存紀錄的地方為起點而全部重來的形式，以及繼承掛掉之前所累積的狀態而再次嘗試的形式喔。」

「啊，原來如此。那確實會因為遊戲的特性而不一樣……不過，那又怎樣？」

「你這次有跟優鈴對話了吧，換句話說就是跟敵人戰鬥喔。然後在戰鬥中失敗而落敗，落到 Game Over 的下場呢。」

「啊，果然是失敗了啊。」

「這是當然的啊。三輪就結束的對話根本就不算在對話的範圍內。」

「……說、說得也是呢。」

「所以啊。這種名為對話的戰鬥中的 Game Over，你知道是哪種形式的嗎？」

「……嗯，應該是會繼承狀態的形式吧。」

「對！因為人生中根本就沒有紀錄點啊。不過，就算輸了也不會讓身上的錢只剩一半之類的。所以，在戰鬥中輸了也沒有什麼壞處。一直戰鬥下去才有賺頭。而且，戰鬥好幾次的話總有一次會因為運氣好而得勝吧？」

「……嗯，要那麼說的話應該是沒錯吧？」

「不過呢，真正重要的點並不在那邊。聽好囉？『人生』的 Game Over 啊，跟所有其他的遊戲完全不同的點只有一個而已喔……你知道那是什麼嗎？」

她一邊露出不懷好意的笑容一邊注視著我的眼睛。

「就算妳這麼問……範圍太廣了我還是不清楚啊。」

我這樣子煩惱的時候，日南先說了「那就是」做為開頭，然後慢慢地這麼說。

「『人生』並不是在戰鬥勝利的時候，而是在輸掉的時候才會得到經驗值喔。」

「……哦。」

聽起來變成挺有趣的話題了。

「所以你這一個星期，雖然固執地跟名為泉優鈴的強敵進行戰鬥而不停累積敗績，卻也就那樣直接化為經驗值，累積在你的身心之中。而且，你也是有好好去想，該這樣做，或者該那樣做之類的，而同時做出挑戰對吧？」

「嗯，是那樣沒錯。」這方面的信賴讓我有點開心。

「說真話，我想你應該給了泉優鈴『會莫名過來搭話的傢伙』這樣的印象。」

「啊，果然是那樣啊？」

「在那之上所得手的東西也很多喔。你自己應該也有發覺到吧？進行到後半段的時候，緊張隨之消散，做起來也比較熟練了。」

「也對……是那樣沒錯吧。」

的確，雖然對話本身是沒有長時間持續下去，但我覺得，特別是後半段的兩次，該怎麼說，應該是我從產道出來的瞬間開始，長期散發出的那種『令人作嘔的特質』一樣的東西，後來也沒散發多少了。不過自己說起來是有點那個啦。

「就因為那樣，這一個星期的『藉由落敗累積經驗值』就到這裡結束囉……你還有什麼其他在意的事嗎？」

「啊，那個啊。」的確有啊。「妳有說過菊池同學對我抱持著好感吧？」

「對，有說過。怎麼了？」

「嗯，雖然我覺得應該不是到好感的程度……但我知道緣由了。」

日南把身體朝我這邊探過來。太近了太近了，對心臟不好所以別這樣。

「什麼意思啊？」

她雖然皺著眉頭，但眼中可以看出期待，有某種東西在閃耀著。

＊　＊　＊

那是星期五的第四節課。要達成跟泉優鈴的對話額度的話還差一次的狀況。

單純因為對她搭話搭了好幾次，已經自然而然地習慣，應該說是進入麻痺的狀態了。就算對話沒有持續下去也只會覺得又這樣了喔，之類的，或者覺得也沒差，之類的，已經從焦慮中解放出來了。

所以當下就變成，總之只要再搭話一次就行，只要抓到時機的話就能放開心胸達成任務才對，像這樣的游刃有餘的心境。因為是這樣的心境，所以要換教室上課的時候，我也有辦法像平常一樣行動，就是先去圖書室消磨時間，等到時間差不多的時候再到那間教室去。說是這麼說，平常的話我會裝成在看書而檢討著AttaFami的戰法，只有在當天我把心思從那方面撥到複習背下來的話題之類的事就是了。

——就是在那個時候。

「友崎同學。」

「唔喔!?」

突然，透明澄徹得可怕的聲音叫著我的名字。我往聲音傳來的方向一看，那裡有兩手抱書直接注視著我的臉的光之天使，不對，是菊池風香同學。

「……咦？菊池同學？妳怎麼在這裡？」

「也沒為什麼，就像平常一樣喔……？」

「……像平常一樣？」

她是什麼意思呢。我試著回想有沒有什麼頭緒，不過因為菊池同學所散發出來跟樂園花海一般的香氣，讓我的腦袋輕飄飄地搖晃著，所以根本沒辦法想。

「你想想……換教室之前，每次都只有，友崎同學，跟我在這裡吧……？」

「呃……換教室的時候每次都是？」

「啊……該不會……你沒有發覺吧？」

這就代表——

「我們班上要換教室上課的時候，你每次都會來這裡吧……？」

「嗯，對。」

「……啊——也就是說。」

「我也是每次都會這樣……然後想到，啊，你又過來了，這樣……」

「啊，原來是這樣啊？抱歉，我太專心了所以……」

專心檢討 AttaFami 的戰法就是了。仔細一看，發覺菊池同學的視線移向我翻開的那本書。

「……你喜歡麥可・安迪對不對……？」

「欸？」

「咦……？是我誤會了嗎？因為你每次都在看他的書……」

啊，是這樣啊，是我裝成在看的書。因為在圖書室坐的椅子自然而然地定好了，每次都是從離那邊最近的書櫃的角落拿書來看，所以每次都變成同類型的書了也說不定……不過，我也不知道該怎麼說明才好，就這麼說了。

「嗯，還好吧。說起來，也不是說真的非常喜歡啦……」

接下來，該怎麼辦呢。總之先想辦法大概掌握內容來撐過這個局面吧，我這樣想而第一次讓眼睛看向書裡寫的東西，跑進眼裡的卻是「欸逼・大以貼！」「莫增・雷庫庫！」這種意義不明過頭而且像是暗號一樣的對話文句，而且那還有兩組，啊，我領會到這東西是臨陣磨槍也磨不來的。

「果然……！」菊池同學，讓她那平常就用魔法的力量來閃耀的眼睛，更加地閃閃發亮。「我也一樣，很喜歡，安迪的作品……！」

「啊，原、原來是這樣啊。」糟糕了該怎麼辦。「還、還真巧呢……」

「對啊！真的很巧！」

菊池同學在自己的嘴脣前方優雅地合起雙手。

「這個，不是就像《猛禽島與波波爾》一樣嗎……!?」

「咦？猛禽……？」

「安迪作品裡的……啊，你還沒讀過……？也對，圖書室裡沒有那本呢……」

「咦？啊，對啊對啊！呃，對，說起來，想讀看看卻找不太到呢……啊哈哈。」

我想辦法掩飾之後，菊池同學就像是用了精靈的水滴讓魔力翻倍一樣，眼光閃耀的程度又更上一層。

「對！不太找得到！」

「咦？」

「那本書，二十年前的翻譯本之後就沒有再出新的了，所以意外地沒有放在架上呢，明明就是代表作之一……！應該多放幾本才對啊！」

就連『還沒讀那本書』這件事都讓她更進一步地上了鉤，我失去了退路。

「咦？啊，對，就是那樣！就是那樣沒錯呢，啊哈哈……」

「那、那個……」然後菊池同學就像對什麼事下定決心一樣而改變表情。「友崎同學的話……應該可以吧。」

她以小小的聲音，像在說給自己聽一樣。

啊……這、這是，該怎麼說，我覺得現在的氣氛就像要把重大的祕密揭露出來一樣。如果是色情遊戲或者輕小說的話絕對是那種情形。是立了那種旗（註15）的味道。不過她大概是以為我是喜歡那個安迪什麼鬼的同伴，而以那方面的心思在思索吧。那我是不是不要聽下去比較好呢。我這麼想的時候，菊池同學開口了。

「其實我……有在寫小說……不過是受到安迪的作品影響就是了……方便的話，可以麻煩你讀讀看嗎？」

「咦？啊，嗯，小說!?妳在寫!?」

從預料外的角度打過來的一擊，以及像是用神木的朝露潤溼的眼瞳，讓我的腦袋搖來晃去。

「是的……果然，不行嗎……？說、說得也是呢，突然造成……困、擾……」

註15　旗即「Flag」，這裡指的是故事作品中，會引起特定發展的事物。與「伏筆」近義。

「啊，不會不會！沒、沒有那回事！可以喔可以喔！如果讓我看沒關係的話！」

反射性地就那麼說了。菊池同學笑逐顏開地顯露了太陽一般的表情。

「真、真的嗎？謝謝你！下、下次我會拿過來的……！」

「嗯、嗯！呃……我、我也謝謝妳。」

「嗯！」不只透明澄徹，還很雀躍的聲音。「……我還沒有，給任何人看過呢。」

「啊，是這樣啊……？可、可以嗎？給我這種人看……？」

跟充滿溫煦光芒的菊池同學的表情呈現對比，我的背肌被愧疚的汗水所冷卻。

「當然可以！那個……不如說，因為是友崎同學才……沒、沒事！那、那個……！這件事……是祕密喔？」

面對這種蠱惑性的疑問句，我的頭就如同遭到洗腦一般而點了下去。

「嗯、嗯。我知道了，是祕密。」

然後菊池同學就只說了「……那就先這樣。」而從位子上站起來，在走到室外之前的一瞬間輕快地轉過身來之後，露出像要惡作劇一樣的表情與聲音，而說了這句話。

「欸逼・大以貼！」

啊哈哈，不行了，這樣子就沒辦法回頭了。管他的！既然要做了就做到底啦！

「莫增・雷庫庫！」

聽到這句話的菊池同學，以她那森林妖精一般的纖細風貌難以想像的，如同光之噴泉一般的笑容照耀了圖書室之後，以小小的步伐一步步地小跑步離開了。

距離換教室的上課時間還有一陣子。該怎麼說，那是不是跟我幾天前體驗過的，既然對話順利進行下去了所以要在出紕漏之前撤退的心境，是一模一樣的呢。就算要做這種分析也只能腦袋一片空白地逃避現實就是了。搞砸了。該怎麼辦。

＊　＊　＊

「發生了這樣的事……」

我對日南說明整件事的一連串發展的時候，只有把菊池同學在寫小說的那部分確實含糊地帶過。

「搞什麼啊。這不就是有希望到像個傻瓜一樣嗎？這代表只需要一個星期就能達成中等程度的目標囉。」

日南好像覺得很無聊般這麼說。不對不對不對不對。

「不不不妳先等一等啊。靠這樣就想交往，根本不可能吧。那種情形，跟在騙她是一樣的啊。真要說起來也不會因為喜歡的作家是同一個人就跟我這種人交往吧。而且我也一樣，對菊池同學，沒有說到，喜歡，之類的。」

「哎呀，騙了女生還讓她對你有感情，講得還真難聽呢。」

「等一下，妳那種說法有語病。」

「一點語病也沒有喔。圖書室裡有著一直看在眼裡的男孩子，自然而然地就一直意識到對方。下定決心，在圖書室跟那個男孩子搭話看看，沒想到聊起來很雀躍，心情也變得很開心。而且在最後一刻，也能互相進行那個作家的作品中出現的祕密寒暄……說起來，要是沒對戀愛習以為常的話，愛上對方也不會多奇怪呢。」

「等等，別像那樣只拿一部分出來講。我可是也有跟她借面紙，被她看見擤鼻水的羞恥瞬間喔。」

「只屬於兩個人的祕密？」

「別戲弄我。」

「……好啦，剛才說起來像是在開玩笑，不過現在說的是認真的。說她愛上你的話是說過頭了，不過對你抱持些許好感的可能性挺高的。雖然，目前還沒辦法確定就是了。」

日南的眼神是認真的。

「所以，心裡有著『不可能喜歡上我這種人』之類的自虐想法，而從現實中逃避的行為可是非常卑鄙的喔。」

……說真的，覺得不可能像她說的那樣的想法還比較強烈，所以我很難把這當成實際情形去思考。可是如果真的像日南說的那樣的話，逃跑確實是最爛的行為。更何況，日南她不知道，還有小說的事。如果把那個也考慮進去的話，可能性應該就更高了吧？不過，這樣的話我應該要怎麼做啊？到底該怎麼想才對啊？

「總之，如果妳說的是真的的話……是我不好，沒錯吧。」

「啊？哪裡不好了。」

「還說哪裡，就是我沒有當場說明我其實沒在看書啊。」

「……那到底有哪裡不好？你也不是特別要騙她吧？」

「不，雖然沒有打算騙她，結果還是有在撒謊啊……」

「你不用特別去在意那點也沒關係吧。你老是嘮哩嘮叨地煩惱那種無可奈何的事又能怎樣。你很娘耶。重要的是今後該怎麼做喔。」

「……說得也是。果然，應該老實對她說吧。」

「去約個會啦。」

「啊？」

「所以，你去跟小風香，說好要約個會就行啦。」

「不，我跟妳說啊，真的那麼做的話就太惡劣了。」

「哪裡會惡劣啊。聽好囉？『喜歡的作家是同一個』這種事頂多只是個契機。並不會因為這樣就喜歡一個人，人類的感情並沒有那麼地單純。重要的是，兩人之間如何交談、如何互相理解對方，還有如何創造兩人之間的回憶喔。就算一開始的契機有一點點的誤會，重點也不是在那邊。如果約會看看之後，發覺跟喜歡的作家之類的無關，而兩個人都還是能開心的話，那不就是兩人關係的本質了嗎？」

「那、那個……說不定是那樣沒錯。」

「人與人之間互相深入瞭解的機會其實沒多少喔。這樣的話，就算那真的是從謊言開始，而你又運氣很好地碰到了那樣的機會，不就應該撲過去看看嗎？」

「不，理論上是能理解啦……不過那麼做果然就像沒有付出真心……」

「既然理論上能理解就知道是正確的吧？幹麼說那種像是處男的話啊。」

「真囉嗦，我真的是處男啊。」

……我知道日南想說什麼。不過我果然還是會在意理論之外的想法，覺得這樣不就代表不是真心的嗎？

「……算了。我也能理解比起用最強的劍戰鬥，更想用一開始那把鍛造師所鍛的劍繼續戰鬥的心情。理論上的最強，並不代表一定是真正的正確答案。我頂多只是攻略本。最後做出選擇的是你喔。」

……我要……

就這樣沒辦法輕易地說出答案，這天就踏上歸途了。跟日南分別，一個人走向鞋櫃的時候，就看見從教室的反方向，樣子明顯無精打采地走著的泉優鈴。呃——該怎麼辦。今天已經達成了兩次的額度所以沒必要特別去搭話……不過，在遊戲裡面，哪有人只會照著指示做事啊。身為日本第一的玩家，那樣子讓人很不爽。全部都交給那傢伙也讓我很不高興。

那麼，好，就試試看吧，自發性地『提升等級』。

顧慮到姿勢與表情，還有發音的語調，盡可能地保持自然，我發出聲音。

「泉同學？」

泉優鈴身體一邊抖了一下，一邊把臉朝向我這邊。

「……友崎……？」

她的語調像是失望也像是安心下來……好像跟平常的氣氛不太一樣。該說整體上有種口出惡言的感覺嗎？說到這個，她應該不會直呼我的名字才對。

……說起來現在不妙啊。呃──雖然背好了幾個話題，卻沒有一個是可以特別挑在放學後搭話的。啊──這下糟了。腦袋，又要變得一片空白了。糟糕了糟糕了。不過，快想起來。一直到現在都累積了很多訓練，這樣的話，應該有什麼策略可以突破僵局才對。在日南至今教授的攻略法，或者我一直以來的努力之中，一定會有。

──『講對方的表情或者髮型之類的，把「跟對方有關的事」當成話題的話，多少就能聊起來了。』

記憶閃回。對啊，這週第一次的反省會中日南有說過，要我沒話題的時候就那麼做。雖然沒話題，不過靠這個的話，說不定有辦法撐過去。對方的表情……

「……泉同學，妳表情很陰沉呢。」

說成這樣是搞啥啊。如果是帥哥的話，這時應該能輕鬆說出『妳怎麼了？』『至少我可以聽妳說說話』之類的台詞吧。不過很可惜，在場的是我！並不會那樣發展。

「啥!?才沒有陰沉呢！怎樣啦!?」

「啊，不，抱歉。」她一整個生氣。

「……你在看什麼？」

「啊，沒有。」

「……」

「……」

啊——又搞砸了。我不行了。還是不要擅自做什麼事吧，沒半件事是擅自試看看還順利進行的。我就連新手的範圍都還沒到達，就是這樣。

「……欸。」

「嗯？」

「……友崎，你很會玩 AttaFami 吧？」

「咦？」

怎麼在這個時間點問那種事啊？

「……………啦。」

她一邊低頭一邊小小聲地，說著什麼。

「……咦？妳說什麼？」

「…………我啦。」

「抱歉，妳說什麼？」

「啊，真是的！我說啊！」

這樣子用力大聲說出來並且瞪著我的泉優鈴，眼裡浮出大粒的淚水。啥啊!?

「我是要你教我玩 AttaFami 啦！」

不懂妳講啥啦！

＊　＊　＊

——泉優鈴的事情整理之後是這樣的。泉優鈴跟中村一直到現在都很要好，放學後走在一起的時候也很多。不過，最近中村每天放學後都會占據校內沒人使用的某間教室，把遊戲機帶過去，跟同夥對戰，或者用校內職員室的 Wi-fi 去做網路對戰練習 AttaFami 的樣子。就算泉優鈴放學後跑去那間教室，約他一起回家，他也只會回說「煩死了，別打擾我」，只專心自己的事而不管別人。

泉優鈴就提出既然這樣的話就陪他練習打 AttaFami 的意見。不過，交手一回之後也是慘敗。因為壓倒性的實力差距，使得中村說出「連練習對手都稱不上，煩死人了。妳就乖一點別再纏著我了」而一腳把她踢開——這樣。

「啊——原來如此啊。」

不過，中村跟那種程度的女生對打的話，的確說不上是練習啊，畢竟那傢伙也不弱。

「嗯——該怎麼說，挺慘的呢。」

「……我可不是在問你的感想！」泉的臉紅了起來，而且以情緒高漲的音調說話。「所以!?你是要教我!?還是不要教!?」

該怎麼說，我覺得她好像是認為都已經被看見了，就沒必要繼續在乎丟不丟臉或者別人的眼光，整個改變了態度。

「呃，是沒關係啦……」

「咦！可以嗎!?真的!?」

她眼光閃亮的同時突然往我這邊探過來。太近了太近了。日南也是一樣，為什麼現充跟其他人的距離會拉得這麼近啊。對非現充來說這可是致命的距離耶。

「不過，泉同學手邊有 AttaFami 嗎？」

「咦？是沒有啦，不過玩友崎的就行了吧？遊戲機的話我有喔？」

「……也是啦，那樣是沒關係。」如果是這樣的話，就有個很大的問題。「……但是要在哪玩？」

「……！」

泉優鈴眼睛睜得大大的，臉紅了起來。咦。這什麼純情的反應啊。令人意外。

「沒有地方可以玩啊。」

不過，就是那樣了。如果泉優鈴手邊有AttaFami的話，就還有網路對戰這招能用，如果不是那樣的話必然就會在我家，或者泉優鈴家裡玩。一男一女共處一室。

「……可是……！」像是在懇求一樣，沒辦法完全放棄的表情。

「哎，到其中一方的家裡去也不太好……」

「……別說了。沒關係。」

眼神像是已經振作起來的樣子，但仔細一看就發覺眼裡含淚，所以她這樣大概是在勉強自己吧。也就是說，跟我兩人獨處會讓她討厭到那種地步啊。內心刺痛。

「……這樣的話就好……」我把感受到的疑問拋給她。「但妳為什麼要做到那種地步？」

然後泉優鈴就把她那一副像是生氣又像是驚訝一般的表情朝向我這邊。

「啥!?你問這個!?正常來說聽我講的內容就知道了吧!?」

「正常來說……？」

「你有夠白痴耶!?真的遲鈍過頭，噁心！」

最近的年輕人馬上就會說噁心這字眼耶。

「遲鈍……？」這樣說的話，就是那方面的事了嗎？「……啊。」

「啊？怎樣？」

我曉得了。然後就在我曉得的勢頭上不小心說溜了嘴。

「原來泉同學喜歡中村啊！」

一看過去，就發覺泉優鈴的臉紅通通，到了會冒出蒸氣的程度。

「真的很噁心！怎麼可能有這種人！」

回轉身體讓領帶與裙子隨之擺動、同時以書包為武器的攻擊，直擊了我的顏面。

「……唔……這，呃——」

「啊，抱、抱歉……不過，都怪友崎說了奇怪的話……！沒事嗎？」

看來很擔心我的泉優鈴，由下往上注視著我低垂的臉，因為距離之近以及她可愛的臉，而讓我不由得一邊說出「沒事沒事！」這樣的話，一邊以莫名高漲的氣勢後仰身子。

「真的嗎？唉……可是啊！我說，真的是搞不懂修二在想什麼耶！不是有繪里香在嗎？她啊，對修二告白卻被甩了。是那個繪里香喔!?所以啊，就想說他常常跟我一起玩……那麼，會不會是喜歡我呢？之類的……哇——！不是那樣！啊，可是會那麼想是很正常的吧!?但他卻突然嫌我煩還要我別纏著他……是怎樣啦!?你覺得呢!?」

「我、我覺得喔？呃，該怎麼說，應該是，不懂他在想啥吧？」

「對吧!?而且啊!?」

……被牽著鼻子走呢——在享受青春啊——女孩子真的是能發牢騷的話，對誰說都沒差啊。

我一邊揉還在刺痛的鼻子一邊運轉思緒。泉優鈴憤慨地說著而且啊而且啊，以及一大堆個人到不行的牢騷說得滔滔不絕，不過內容我一點也沒放進腦裡。這已經是很不得了的事情囉。這傢伙可是名副其實的現充，不管怎樣都是能跟那個中村很要好的程度，所以是有相當威猛的充實力，而且長相可愛胸部也大。跟這樣的泉優鈴兩人獨處而去其中一人的家？什麼鬼啊。太奇怪了。欸，日南同學，我每次都說會讓妳生氣的話真對不起，這種狀況我應該怎麼做才好？

「所以……呃——要去誰家呢？」

「呃……友崎你家可以嗎？我家……不太方便。」

「啊——我家嗎……泉同學家裡沒辦法啊？」

「這、這是當然的啊……！沒辦法跟爸媽說明……抱歉。」

「……我知道了。」

泉優鈴雖然一開始口氣挺劇烈的，不過同時也像真的很抱歉一樣委婉了下來。

看來她本性不壞。

……說起來，嗯……？爸媽……？啊。這時我發覺了一件很重要的事。

「啊，等一下。我家沒辦法。只能到泉同學家裡去。」

「啊!?為什麼！剛才不是同意了嗎？」

「是那樣沒錯啦……泉同學，妳是羽球社的吧？」

「咦？我？是沒錯啦。」

「妳應該知道一年級有個叫友崎的吧？說起來妳們關係應該很不錯？」

我偶爾會聽當事人這樣說。

「咦，嗯，是說崎崎吧？知道是知道……呃，咦？『友崎』？」

「嗯。那傢伙，是我妹。」

「……咦————!?」

她把我說著「也不用這麼驚訝吧」的聲音整個蓋掉了。

「先等一下！你們也太不像了！尤其是性格之類的！是怎樣啦！我完全搞不懂！」

「我能理解，畢竟我也覺得我跟她之間不可能有血緣關係喔。」

「畢竟崎崎是開朗到不行的乖孩子喔？友崎你有夠陰暗的嘛！咦!?這太扯了吧!?很奇怪吧！」

「啊——！我知道啦！別那樣說！我也會消沉的！」

「……啊，抱、抱歉。」然後冷靜下來的泉優鈴發覺到問題點。「……沒辦法。」

「對吧。」

就是這樣。畢竟是學妹，比起父母來說更不知道該怎麼說明才好。

「那、那麼……只能到我家……」

「……是啊，那就算了吧。」

「不，沒關係，可以。到我家來。」

像是已經做了連毒藥都能吃下去的覺悟一般的澄徹表情正看向我這裡。嗯。所謂戀愛中的女孩子還真強大。只要是為了心愛的對象，無論多麼辛苦的事都能忍耐。我去她家真的是那麼令人難堪的事嗎，我想把目光從這種疑問上頭移開。

「……這樣啊。」

「不過，友崎你方便嗎？」

她這樣對我確認。看來她比我想像中還更會察言觀色啊。看來也是可以拒絕。

……我應該怎麼做才好。現在我能用到某種程度的武器只有表情、姿勢、聲音語調，還有背起來的話題而已。到底有沒有辦法只靠那些就把『泉優鈴的家』這種超絕高難度的迷宮破關呢？嗯，一般來想，不可能辦到的。等在前方的只有悽慘的落敗而已啊。那麼，不行啊。逃跑的話比較好。逃跑。我一直都是這樣過來的。逃跑遠離打不過的敵人，做好準備之後再次赴戰。這就是所謂玩遊戲的準則啊。

『「人生」並不是在戰鬥勝利的時候，而是在輸掉的時候才會得到經驗值喔。』

又是記憶閃回。

啊，的確是那樣，是那樣沒錯。雖然我不是迷信著那番話，但實際上，我剛才就那樣跟泉優鈴在某種程度上進行了『對話』。這是至今為止的我所無法想像的事態。產生這種『結果』的『原因』，要說確實就是藉由輸掉的時候所得到的經驗值而提升的等級的話，雖然還太早，不過會自然地那麼想也是事實。啊，真是的。我知道了我知道了。我也是個玩家啊。喂，日南，妳好好看著啊。這樣的話我不就得為了驗證那個『原因』是不是真的是妳說的『輸掉的時候得到的經驗值』，而在這裡吃下一場大敗仗了嗎？到時候要是我哭哭啼啼的我也不管啊！

「……不，沒問題。我去妳家。」做好覺悟的我冷靜地這麼說。「妳家，在哪裡啊？」

泉優鈴就像是對這樣的我感到不滿而觀望過來。

「……友崎怎麼會這麼平心靜氣啊？怎樣？你是有去過女孩子家裡嗎？」

「呃，不……」想要說沒有的時候，腦裡浮現日南的臉。「啊，不對，應該算有去過吧。」

「啥!?搞什麼啊！明明就是友崎！就連我都……那樣的說。」

說什麼明明就是友崎。妳什麼意思啊，妳是想說我看起來一整個就是非現充，所以根本不可能去過女孩子家裡，而且如果去過的話就很噁心之類的嗎？我確實不是現充沒錯，但我沒有被妳那樣說的理由啊。像這樣，我把心裡想的事直接化為言語說出來。

「你就是那種奇怪的語氣很噁的說……算了，別講那些了，跟我來。」

「啊，等一下，要先去拿 AttaFami 才行。」

「啊，這樣啊。」

我先回到家，拿了 AttaFami，並且做了一些準備之後馬上出門。

「那，跟我來。」

就像這樣，我被招引到了超難關迷宮。好好地看清楚囉，日南？我要去慘敗囉。

＊　＊　＊

因為其他的例子也只知道一個，所以就自然地跟那個比較起來了，不過第一印象是跟日南的房間相比之下比較混雜的感覺。也不是特別很亂還怎樣，但床上放著幾個角色布偶，桌上也有不知道是啥、封面亮眼，像是時裝雜誌一樣的東西擁擠地排成一排，不管看哪裡都覺得泉的房間既熱鬧又華麗。而且那些都是就連我都多少知道名字的角色跟雜誌，該怎麼說，是那種會讓人覺得是跟流行才拿來賣的陣容。牆上掛著裝飾過剩的軟木板，跟現充同學一起照的照片或者大頭貼就簡單地貼在上頭。那應該就是所謂「一直都是好朋友」的東西吧。

「友崎，你看過頭了。」

「啊，抱歉。」

在托盤上放著可愛的馬克杯跟普通的紙杯的泉優鈴過來了。

我以「……」這樣的感覺看著那個之後，她就對我說「煩死了！別挑東挑西的！」。不，我可沒說話啊。

「那麼……該怎麼做才好？」

泉握住手把，端正姿勢，表情極度認真地面對電視上顯示的開頭畫面，同時這麼說。遊戲的畫面映入她那又大又圓滾滾的眼睛。

「我想想……總之。」我坐在保持適當距離而不會被現充的氣場弄到窒息的位置，握起了手把。「先對打一次看看吧。」

「咦!?不行，沒辦法啦！畢竟友崎你比修二強啊!?我沒辦法的啦！」

「不，是那樣沒錯……不過，要是不知道泉的實力大概在什麼程度的話……」

我這樣說出來，發覺自己對泉自然而然就直呼名字了。這是因為輸了好幾次而換來的成長，還是是多虧AttaFami的福，又或者是因為被書包砸過的關係呢，我不管了啦。我不知道自己是不是這種心態。

「原、原來要先這樣啊……？那、那麼。」

泉的姿勢變得像是緊張得戰戰兢兢一樣。肩膀聳了起來，嘴巴緊縮閉得緊緊的，眉毛則是凜然散發認真的氣勢。總覺得這種表情，莫名地適合她呢。

我在角色選擇畫面選擇中村愛用的角色Foxy之後，泉選擇了在所有角色之中最華麗，擁有可愛容貌的女劍士。

「啊，先等一下。」

「咦?怎麼?這個不行嗎?」

如果泉的目的單純只是『喜歡 AttaFami 所以想要變強』這樣的話,用自己喜歡的角色確實是比較好。

不過,這次泉的目的是『要成為中村的練習對手』。既然這樣的話……

「選這個。」我把遊標指向 Found。「因為這是我一直在用的角色。」

「咦?友崎的?這個比較好嗎?」

「不,中村是為了要贏過我才做練習,所以是想要找出對抗我的策略吧。所以啊。」

「啊……這樣啊。」泉表情凝重地點了點頭。「友崎頭腦不錯呢。」

「咦,是、是這樣嗎……?」受到誇獎讓我吃了一驚。「總之,開始吧。」

「OK!」

氣氛也一點一滴地變得和緩,在女生的房間裡玩著自己最喜歡的遊戲,會有這種很有現充感覺的狀況,是不是代表我進步了非常多呢?我心懷這樣的感慨。

「……不可能……」

泉一整個處於愕然狀態。

「原來如此……這樣的話,課題就是……」

「……說什麼課題啊!剛才那是怎樣!友崎的動作超噁心的說!?」

命數調成總共四命來打，我毫無失誤——再加上，還是毫無損傷就結束了這場對戰。也因為這樣吹散了剛才那和緩的氣氛，就像在暗自笑我到底哪裡有進步一樣。

「嗯，這就是典型的新手行動方式。沒有節制地一直放出空隙很大的招式，沒有在看對方的動態。我這邊就連猜想對方的動作都不需要，直接看準空隙就能把招式打過去了。」

我一邊頂起心中的那副眼鏡，一邊平淡地一一列舉出來。

「咦，什麼？等一下，友崎，你給人的感覺不太舒服喔。」

我無視想要退避三舍的泉，繼續一點一滴地把我的分析細數出來。

「強攻擊的輸入還有從場外復歸之類的基礎中的基礎，意外地做得還可以……所以問題是立回吧……因為必殺技用太多了所以要讓通常技增多一點……」

「欸、欸，怎樣？真的令人害怕的說！」

「泉！」

「有!?」

泉維持盤腿坐的樣子咻地跳了起來，然後又重新端正坐姿跪坐，背肌整個打直。運動能力真強啊。

「總之，要妳做的事已經決定好了。」

「咦!?什麼!?」

泉的眼睛閃閃發亮而把身子朝我這邊探過來。這樣看起來的話，果然臉很可愛胸部也很大而且味道也很香，真的很糟。不過我一扯上 AttaFami 的話，那種事是不會跑進我的視野中的。因為只有視野看不到所以有感受到香味。

我選擇了練習模式，操作角色給她看。

「剛才泉使用的角色，這樣弄一般跳躍的話會這樣。」

Found 大幅度地跳躍。泉的黑眼珠就像是盯著獵物一般跟著角色移動。

「不過，跳躍鈕只按一下下的話就會變這樣。」

「……啊，好低。」

Found 以剛才的三分之一左右的高度，輕輕地跳了起來。

「這是小跳躍。徹底鑽研 AttaFami 這個作品的話，就知道這款遊戲在比的，是要怎樣調整跟對手之間的動作時機與空隙，還有攻擊對手的風險能降到多低。所以，有必要讓這種能夠調整細微出招時機的技巧，做到百發百中的成功。」

「先、先等一下！」

泉站起來，快步走向桌子那邊。

「好痛！腳麻了！」她一邊拖著腿一邊打開抽屜，從裡面拿出小筆記本跟原子筆，並回到原來的位置，「……然、然後呢？」

泉做出了把我剛才說的話筆記下來的動作之後，便擺出看起來不安卻很認真的表情看向我這。還真用心啊，又變成跪坐的姿勢了，不過那樣子沒問題嗎？

「妳試一下看看。」

「啊，嗯、嗯……」

泉以十分慎重的手勢把手把拿過去，短暫地按了一下跳躍鈕。

「咦？」

「……果然會這樣。」

Found 大幅度地跳了起來。

「先、先等一下！再一次！」

大跳、大跳、小跳、大跳、小跳。三成到四成左右的成功率。

「對，這個還滿難做到的。不過，要是做不到這個的話，要到至少能跟中村對戰的等級的話，根本不可能。」

「根本不可…………？那、那我要練習！」

「要練是沒錯啦，不過不是那樣啊，泉。」

「咦？」

口舌的狀態很好，果然我的主戰場就是 AttaFami 啊。

「難得有了可以玩 AttaFami 的環境。要花時間來做小跳躍練習的話，不如去做更有實踐性的練習還比較好。那樣做的話實力提升的幅度比較大。」

「這、這樣啊……咦，那這個小小的跳躍要怎麼辦才好？」

我先說了一句「這個嘛」做為開頭，然後這樣說下去。

「小跳躍的練習也要做。不過，在玩 AttaFami 的時候做一些實踐性練習的話，效率比較好。既然這樣，該怎麼辦呢……答案只有一個而已吧？」

然後，我想像著那張已經看習慣的一臉得意的臉色而擺出同樣的表情，並且這麼說。

「只要在沒玩 AttaFami 的時候也進行練習就好了。」

「……什、什麼意思？」

「那就是。」我從口袋裡，拿出之前準備好的東西。「要用這個。」

「……馬表？」泉像是覺得不可思議一樣地睜大眼睛。

「對。妳稍微看一下。」我按下按鈕，開始計時。然後，把停止鈕按出聲音。

「……咦？沒有停下來……剛才有按出聲音吧？」

「……泉，妳稍微試一下看看。」

「來，妳看。」

「嗯、嗯。」就像在對待精密機械一般，以慎重的手勢接過馬表的泉，一邊上下搖晃全身，一邊「欸！」按下按鈕開始計時，然後又按了一次按鈕。

「……呃，咦……？停下來了。」

「對……這個馬表『只有一點點』壞掉了。」

我又把馬表拿回來，開始計時。然後，喀嘰、喀嘰、喀嘰、喀嘰。讓泉看見畫面的同時按了好幾次按鈕。

「咦？沒停下來？」

「對。這個馬表啊，如果按停止鈕的時間太短的話，就算確實壓進去壓到聲音出來，也一樣不會停止。」

「呃、咦，是這樣啊……？不、不過，這又怎樣？」

「很簡單。」我像某個人一樣迅速地豎起食指。「從現在開始每天上下學、移動中、看電視的時候，也就是除了跟人見面的時候以外，要一直做不讓這個馬表停下來的練習喔！這樣的話就有辦法做到小跳躍啦！」

「咦⁉」

泉驚訝了起來。應該是針對內容跟語氣兩者吧。語氣因為參考那傢伙過頭了所以講錯啦。

「做別的事情的時候要用馬表練習。然後，能在家練習AttaFami的時候，就做實踐性的練習。這就是效率最好的練習方法了。」

「確、確實是這樣……！不過剛才那女性化的男大姊口氣是怎樣⁉」

泉一邊說著這類的話一邊認真地筆記下來。看她那傻傻的樣子到底有沒有理解其實不太好說，不過表情是「不管怎樣就接受到底！」的感覺而讓我想笑出來。關於口氣的部分我只說了「別在意，是我講錯了」，然後她就「嗯、嗯」這樣子接受了。好，老實的弟子會成大器喔。

「然後，至於剛說的實踐性的練習方法……這也很簡單。」泉咕嚕一聲倒吸了一口氣。「就是背起來。」

「背、背起來？」

「對。妳看一下這個。」

我把遊戲模式設定成重播，從插在插槽裡的我的記憶卡中，選擇某場對戰，並開始播放。

「這是……把某一場兩邊都是頂尖玩家的對戰情形儲存下來的東西。」

「呃——nanashi？還有 NO——」

「嗯，那個先不要管。本來這兩個人愛用的角色都是 Found，不過這場是 nanashi 那邊試著用 Foxy，另一邊則用 Found 所進行的對戰。」

泉皺起眉頭的同時驚訝起來。

「……厲害。跟剛才的友崎一樣，動作好噁。」

「對，這個 Found 強得一塌糊塗而且沒有多餘的動作。那不是像我……不對，不是像 nanashi 那樣靠感覺玩出來的，而是靠理論讓操作變得洗練的喔。所以做為參考是最適合的。」

「……那麼，意思是說把這個看個好幾遍，自然而然地記起來就可以了？」

「很接近，不過有點不對。」我把手把拿給泉。「……不是自然而然地記住。泉妳必須把這場比賽的流程，從一開始到最後都完完全全地背起來，而且要能配合這個重播畫面完美地操作手把。」

「……真的假的？」

真的是真的。

「這場比賽總共四命。因為兩邊都不太會露出空隙所以比賽時間有到十幾分鐘。所以要背起來的話十分辛苦，不過也因為這樣網羅了這款遊戲中所有的重要技術。我……不，nanashi 為了探索 Foxy 的可能性所以嘗試了各式各樣的戰法，而採取應變對策的 Found 的動作變化也很多。」

「原、原來如此。」

感覺好像能聽得見噗滋噗滋這種腦袋裡的迴路短路的聲音，不過她看起來還算是勉強可以跟得上，所以我繼續說下去。

「Found 那邊的動作全部背起來的話，接下來就是 Foxy 那邊了。我想，要是兩邊都背起來的話，泉在當下的時間點應該就達到了能跟中村對戰的等級。」

「真、真的嗎？」

發自內心，看起來很高興的笑容浮現在臉上。這就是戀愛中的少女的笑臉嗎？我對她點頭。

「……不過啊。」泉的表情暗了下來。「我，只看這個錄影的話，不知道該怎麼操作才對的說。不曉得哪個招式該用什麼發出來之類的……」

正是如此。就算想模仿也有做不到的場合……那要怎麼做呢，這很簡單。

「對，所以剛才有說啊——要背起來。」

「咦？」

我先把看起來像很納悶的泉放在一邊，從我的書包裡拿出活頁筆記紙跟筆盒，然後在紙上畫上簡單的圖跟表。

「……妳就把這個背起來。」

「這是什麼……？招式的，表？」

「沒錯。」我一邊把表格填起來一邊加以說明。「這個叫『指令』的，是怎麼操作就會發出什麼招式的意思。然後，這個火柴人就是發出那個招式時的角色體態。用藍色框起來的部分是大致上的攻擊範圍，紅色部分是判定為無敵的部分。『發生速度』指的是，輸入指令之後到一開始的攻擊範圍出現所需要的時間。」

「呃……？」看來是講太快了她跟不上。「……你上面有寫個F的說，這是……？」

「這個是幀的意思。以AttaFami來說一幀就是1/60秒了。總之，妳就當成愈少的話，招式發出來的速度會愈快就好了。還有，『扣血量』是會給對手的損傷的量，『擊飛率』是指能把對手擊飛多遠。有些招式的損傷量雖然大但擊飛距離並不遠，也有剛好相反的情形，所以這方面要特別注意。」

「嗯……嗯！」

回答得是挺有氣勢的，不過是沒辦法完全跟上理解的表情。

「嗯，剛才說的不懂也沒關係。把重播影像背起來，同時也把這個招式表背起來的時候，應該就會漸漸瞭解每個招式的特性，以及為什麼要在特定時機發出某個招式之類的才對。不如說，我希望妳能一邊思考一邊背起來……不過，只是單純背起來並且讓身體能反應過來的話，就會讓實力有相當大的提升，只那麼做的話也沒關係吧。」

「我、我知道了……」泉做完了筆記。「……說起來啊，友崎是怎樣？是把這個招式的表都背起來了嗎？看你什麼都沒看就順暢地一直寫下來說……」

「咦？啊，這是當然。」我這句話讓泉露出了驚訝的表情，不過我繼續說下去。「不只 Foxy 跟 Found，我把三十八個角色的所有招式都完美地背了起來。」

「……真、真的？」

「嗯。要寫給妳看嗎？」

泉露出的表情超越驚訝而到了想要退避三舍的程度，然後又超越那種程度而轉為佩服的表情。

「欸，你從剛才開始，就很厲害呢？」泉的表情浮現疑問的神色注視著我。

「嗯？」

「該怎麼說啊。確實是很厲害……不過就算做到那樣，也什麼都沒有不是嗎？你是為了什麼才做到那種地步？」

突然說什麼東西啊這傢伙？批評阿宅？

「啊？為了什麼才做是什麼意思啊？我會玩 AttaFami，又不是為了要跟大家拉近關係，也不是為了要受到其他人誇獎之類的喔？」

我理所當然地這麼說之後，泉就「咦！」這樣睜大眼睛。

「是這樣嗎!?明明就是遊戲!?」

「那是當然的啊。妳以為遊戲是什麼東西啊。」

啊，不過說起來最近的小孩也會為了交朋友而玩遊戲啊。

「因為啊，強到那種地步的話，別人就不想接近啊。會沒辦法進行對戰，我剛才也是覺得你那樣很扯。如果是普通厲害的話，說不定會覺得你很猛就是了。要是厲害過頭，就會覺得太強了好噁心，大家都會這樣覺得啊。你就不會、討厭那樣嗎？」

看起來莫名發自內心深處的表情。然後這時。我的腦裡浮現最近聽過的類似的話。

是跟深實實一起回家的時候的對話。跟剛才說的，大概是一樣的話題吧。

「要說完全不討厭……倒也不是那樣。應該說，比起受到大家的疏遠，自己決定了想要變強的目標卻沒辦法達成的話，才更加令人討厭吧。」

「哦……是這樣啊？」

我為了確認這份直覺，就問她看看。

「妳是想問我是不是不會在意別人的看法，沒錯吧？」

「嗯，對！」

果然啊。深實實說過，為了當下的氣氛跟開心之類的，會選擇去委屈自己。而且聽剛才的話來判斷，泉跟深實實應該是十分類似的吧。應該說那已經變成習慣，已經成為性格的一部分了。用遊戲來比喻的話就是同一種屬性。

與其說她們是偶然一樣，應該說就像日南說的，單純只是那種人比較多而已吧。沒有貫徹到底的自己的價值觀，而是對某些地方不太穩定的自己抱持著疑問，這樣的狀態。

「也不是說不會在意……應該說有比那個還重要的事嗎……」

「可是啊，要是沒辦法融入大家的話，不會很累嗎？下課時間之類的也開心不起來，每天都會很沉悶嘛。實際上我……也沒看過友崎在學校裡過得很開心的樣子。」

「妳別管啦！」

「啊哈哈哈！」

當下的氣氛瞬時和緩了起來。不過這真的是，很切身的問題啊。應該吧。

「不過，應該說跟朋友一起歡笑也不會就是人生的一切……」

配合大家、受到大家的評價、不要異於常人、不要遭人疏遠。像那樣不被周遭所排斥，能夠屬於某個群體，順著某個人做出來的價值觀——那種東西也就是『氣氛』，日南好像這麼說過吧——而活下去。對泉來說那就是目前的幸福，應該就是這樣吧。

「呃、咦，很厲害呢……我應該不會那樣想吧。不知道為什麼耶？我以前就是這樣子了，就算想改也改變不了呢……呃抱歉！我到底在說什麼啊!?啊——剛才說的不算！總而言之，就是每個人都有自己的苦衷啦！人生有很多種呢！」

泉一邊甩甩手一邊把這種氣氛帶過去。露出笑臉的同時，視線則是看往其他方向，眼中含淚。雖然應該也帶有害羞的心情，但那表情該怎麼說呢，那也表示著這個問題對泉來說是非常非常重大的一個問題。

這時我的心中，浮現出一個疑問。深實實與泉，這兩個人的煩惱明明就是差不多的內容，為什麼只有泉會想得這麼沉重呢？

深實實她是說「是為了保護小玉啊——」之類的，或者「因為開心比較好所以這樣就可以了吧！」之類的，一派輕鬆的感覺。可是泉她現在，卻如此地迷惘，如此地沉痛。

那到底，有著怎樣的差別呢。

還是說，其實深實實只是擅長把那方面隱藏起來而已呢？

然後，這時我想起來了。我跟深實實的對話之後，莫名感受到的不協調感。

『感覺比較像是深實實受到扶持』這種沒有根據的推測。

不過，現在我覺得稍微理解了當時湧起那種直覺的理由。

——我覺得，果然深實實她才是一直受到小玉玉的扶持。

我想起家政教室的那件事。

『……剛才的事，也謝謝深深喔。』『……謝什麼？我什麼都沒有做喔～』

那個關係性。

『花火就是因為內心一直都是赤裸裸的，心裡的防禦力也很低。所以，要是沒人成為她的鎧甲，或者把射向她的攻擊矛頭給撇開的話，她的內心馬上就會千瘡百孔了。』

這個日南的分析。我一邊推測，一邊理出了頭緒。

小玉玉確實是受到了深實實的幫助。不過，比起那個更重要的是——

說不定深實實已經在保護小玉玉，也就是在保護能以自己的力量幫助的存在這件事上頭，找出意義了吧。就像我一直持續玩 AttaFami 一樣，就像日南在各個領域一直以第一名為目標一樣，那件事在深實實的心中，已經成為她的目的了。她在那個目的上、在結果上，找出了對她自身確實的意義。所以，她才不會迷惘。

不過，泉大概沒有那種東西。沒有在委屈自己這件事找出意義。沒有目的，只是隨波逐流而已。她應該有很多朋友吧。不過，她一定沒有那種，如同深實實心中小玉玉的地位，會把委屈自己的行動賦予意義的存在。所以她會維持不穩定的狀態而迷惘，在自己身上感受到疑惑。

雖然是外行人的分析，而且根據只有這一星期所發生的事，但我從自己的經驗感受到了這些。

不過我在想，如果這也是經驗的話，人類並不是能夠被誰填補，也無法把自己多餘的力量分給他人。應該是只能靠自己，用自己本身的力量，來填補自己本身的吧。

「不，應該不可能沒辦法改變吧。」

「咦？」

「因為，就算是從現在開始，也想要改變的話。」

「咦？性格？沒辦法沒辦法！你在說什麼啊！我已經十七歲了喔？已經太遲了啦！真是的，好了，這個話題結束囉！」

泉露出實在很難看得出來是裝出來的笑臉，以一張裝出來的完美笑臉設法讓當下的氣氛和緩下來。從她的表情來看，她就是用這種方式在名為教室的戰場撐過去的，就算沒有當場看到也能判斷出來。

——然後該怎麼說，經歷之前跟深實實的對話、從日南那邊聽來的小玉玉的強項與弱項的話題，以及現在這些，想要做出補救其實卻透露出內心想法的泉的話語，我有不少靠自己激盪出來的想法。而且與此同時，我也想起日南說過的某句話。

『所謂的對話本來就是互相「把自己腦袋裡所想的東西」傳達給對方的行為喔。』

『看來你挺擅長「把心裡想的事情原封不動地說出來」呢。』

如果那是真的，如果那就是所謂真正的對話，我現在就要把『自己的腦袋裡所想的東西』，傳達給泉。我想著這樣的事。超難關迷宮，反正要戰鬥的話就把自己擁有的一切完全施展出來再全軍覆沒吧。就是這種感覺。

「……我對自己這種從出生開始到這個年紀都一直沒有改變的性格，也有著像是想法一樣的東西啊。」

「咦？」

不知道是不是對突然換成嚴肅語調說話的我感到驚訝，她那張裝出的笑臉有點鬆懈了。我是意識到要弄出沒辦法再更加嚴肅的『語調』而把話說出來的。我對那多少產生了效果，而且對方是現充還看得出來有產生效果這點而感到驚訝，同時繼續說下去。

「『人生是糞作遊戲』就是我的想法。『人生』很不講理。強角擁有好處，弱角就被壓搾。根本沒有值得去攻略的規則之類的東西，只是靠運氣的遊戲。對那種東西沒有注入自己的熱情與時間的價值，也沒有必要。我的思考方式是那樣。」

「嗯、嗯……」泉的笑容漸漸地變成目瞪口呆的表情。

「所以，所謂人生這款遊戲就算輸了——比如說在教室裡異於其他人也好、交不到女朋友也好、沒有朋友也好、在班上的地位很低也好，那根本就不算什麼啊。畢竟是糞作。然後，相反地，AttaFami 因為是神作，所以比起在人生中取勝，在 AttaFami 中勝利的價值高太多了，也是很厲害的事，最重要的是那對我來說才是真正的幸福，我是這樣想的啊。從生下來到現在，至今一直是這樣想的。」

泉的視線從我身上移開，只是保持著沉默。

「不過我最近，遇到了某個性格很差、不過跟我差不多厲害的玩家。然後，那傢伙跟我說了這種話喔，說『人生是神作』。老實說，當時我心裡在想那傢伙在說什麼鬼話。也想說同樣身為玩家卻感受不到『人生』這款遊戲有多糞的話算是完蛋了吧。不過啊，她說了很多話說服我，總之，我是沒有相信她啦，不過因為是厲害的玩家所說的話，好歹也要確認一下那傢伙說的話是真是假吧，發展成了這樣的情況——也就是說，我要稍微認真點玩玩看名為『人生』的這款遊戲。」

泉的眼皮瞬時跳動了一下。

「然後啊，她教了我攻略法還有努力的方式之類的東西，我自己盡可能努力去試試看的期間啊，該怎麼說，我想到了這種事……不，雖然不甘心，但幾乎是確信了啊。」

然後，與其說我是面對眼前的泉，倒不如說是以面對著世界第一的努力家、世界第一的自信家，同時性格也是世界第一惡劣的某個玩家的心情，說出這樣的話。

「人生是不是神作，雖然我不確定，不過至少它一定是一款良作！這樣。」

泉整個愣得張開嘴巴。然後一邊笑一邊這麼說。

「——不是『神作』啊？」

我也不是裝出一個表情，而是自然地笑出來，並且這麼說。

「對，畢竟目前還沒有確信到那種地步啊。我不會說自己沒有在想的事情。」

「……還真厲害。」

泉又笑了出來。

「……不過，至今有十六年以上都覺得『人生是糞作』的我，因為小小的契機，變成會覺得『人生是良作』的地步了啊。這是很猛的變化吧。」

「啊哈哈，應該，是吧。是這樣嗎？啊哈哈，真奇怪。」

啊哈哈什麼啊。我的話可是還沒說完。

「所以啊，沒有關聯的。因為性格好幾年都沒變之類的，跟那種事沒有關聯。」

或許是發覺到我想說的話吧，泉像是很訝異一般地注視著我的眼瞳。

「所以泉啊，如果想要改變的話，一定可以改變的。」

然後我也勉強自己對上泉的視線。

「……就算從現在開始，也絕對可以。」

——就像這樣，超難關迷宮的挑戰結果是，沒辦法判斷是贏還是輸的『神諭結局』這種預料之外的收尾。

＊　＊　＊

「是、是這樣嗎……？」

泉以閃閃發亮的眼光注視著我這邊。把自己所想的東西全部都說完之後的我，變回了不擅長在對話中做出應對的平常的我。

「嗯，應該，大概吧。」

泉噴笑了出來。

「啊哈哈，說什麼啊，真不可靠。」

「……還真抱歉啊。」

畢竟來這個家裡之後進行了時間很長且自然的對話，我的對話技術是不是已經在不知不覺之中提高了呢。雖然我也有這麼想啦不過沒這回事，只是我能夠像以往一樣聊 AttaFami 的事，還有把自己的腦袋裡所想的東西拿出來說明罷了。

「……不過……說得也是，我會試試看。」

「咦？」

「會做 AttaFami 的練習……還有，周遭的目光？我會試著讓自己變得不去在意，去做做看那方面的事……如果不試試看的話，就不知道結果呢，確實是那樣。」

「……這樣啊。」

「嗯……啊，對了對了。」泉把手機拿了出來。「告訴我你的聯絡方式吧。要是有一些不知道的地方的話會想要問啊。」

「咦!?不，我沒辦法對周圍的眼光那方面提出什麼建議啊。」

「不，不是那個，是 AttaFami 的啦。」

「啊，說得也是喔……」

我承受著泉那種「這傢伙在說啥啊」的視線，交換著聯絡方式。

「ＯＫ！」

「啊，喔，那……我差不多該回去了。」

畢竟關於 AttaFami 能教的都教完了。

「嗯，啊，這個軟體！」

「啊，沒關係，那是 Sub ROM，記憶卡也是 Back-up 起來備用的。」

「Sub ROM？Back-u？」

「……不，當我沒說，我指的是我還有一片啦。」（註16）

「這樣啊？可是……要是你借我這片的話，不就能網路對戰了嗎……？」

「啊！對喔……抱歉。」

「啊哈哈。也對啦！不過，也因為這樣聊了很多話，沒關係啦！」

「哈哈。」她這樣說讓我安心多了。「那先這樣。」

「啊，嗯，路上小心喔！啊——等一下……呃，那個——」

「嗯？」

註16　當一款遊戲只能存一個紀錄檔的時候，有些玩家會為了特殊目的而買兩片，平常在玩的叫Main ROM，Sub ROM指的是為了特殊目的另外買來玩的那片。至於Back-up指的是備份。

「……啊，沒事！掰囉！」

她想說什麼啊？我內心有著這樣的疑問，不過還是離開了泉的家。

然後在我離開後還不到五分鐘的時候，泉發來了短短的訊息。

『謝謝囉。』

沒有表情文字跟其他東西，只是簡簡單單的幾個字。剛才要說卻沒辦法說出來的會不會是這句話呢。

是不是說不出來才用電郵傳過來呢。該怎麼說，明明是現充卻也有容易親近的地方嘛。

而且因為是這種內容，我看到那個之後，就馬上把訊息給傳送出去。

——是傳給日南，而且訊息的內容是問她說這種時候該怎麼回信才好就是了。

＊　＊　＊

「一直裝備的劍偶然附有頭目的弱點屬性，而且一直裝備的盾偶然對頭目使用的屬性有抗性，是這種程度的奇蹟呢。」

星期六。稍微用電郵報告跟泉之間的事之後，她回了「跟我見個面做報告」而急遽演變成要在今天集合。

「這果然是很猛的奇蹟啊。」

我對桌上的巨大聖代感到束手無策的同時這麼說。

「說起來啊，我有想過，最近很多事是不是都發生得太剛好了啊？泉的事也是，菊池同學的事也是一樣。日南，妳應該沒有暗中做一些事前準備還怎樣吧？」

順帶一提，集合場所不知道為什麼是離埼玉有段距離的都內的聖代名店，現在日南正稀鬆平常地吃著有草莓有香蕉還有哈密瓜而且還大量地淋上了一層鮮奶油與一層煉乳的極甜兵器。

「你在說什麼啊。我什麼都沒做喔，做了事前準備的是你啊。」

「啊？我？」

「對啊。因為，要是你換教室的時候不會每次都去圖書室，也沒有對優鈴搭話從小風香那裡借面紙的話，就不會在圖書室被小風香搭話了，而且如果沒有玩AttaFami把中村修二打得很慘，也沒持續一個禮拜對優鈴每天搭話的話，昨天，就算突然撞見沒力走著的優鈴，根本也不會發展成去她家裡的情形啊。那全部，都是你做出的行動引來的結果喔。」

你點這個就好了，受到這樣的指示而點的我的份的聖代，正被說出這些話的日南以平分的名目吃著八成的量。

還真會吃啊。我吃兩成就已經是極限了。順帶一提，那份聖代是叫做牛奶聖代加桃子與起司鮮奶油的東西。

「嗯，那樣說是沒錯啦……」

「你對自己也太嚴厲了。你就算稍微對自己的努力做點評價也沒關係吧？不過，不那麼做也能保持動力的話是沒差啦。」

為什麼這傢伙就算嘴裡有含東西還能說得這麼流暢又清晰啊。

「在某種程度上……我也是有在評價自己啦。」

這麼說之後，日南就停下了吃東西用的手。

「……這樣啊？」看起來挺開心的表情，說不定是因為聖代很好吃吧。「這樣就好囉。試試看之後覺得怎樣？有沒有覺得自己的努力讓人生有所好轉，是很美妙的事呢？」

日南笑嘻嘻地注視著我的眼裡。我有點不知如何是好而別開了眼神。

「……還好吧。」

「哦，原來這種情形是你會害羞的點啊。」

「煩死了。」

「嗯，沒關係。這樣子代表你離中等程度的目標又更接近了呢。」

「……妳有在聽我講嗎？泉是因為喜歡中村才在努力的喔？」

「說是這樣說，優鈴她跟中村修二之間應該沒有聊過昨天跟你聊的那種比較深入的話題才對。而且，你擁有優鈴她沒有的東西。不過說是這麼說，想必她也不會單純因為那樣，而喜歡上你這個人吧。至少不會喜歡目前這個樣子的你。」

「目前這個樣子？」

「就算你真的多少有所成長，差得遠的地方還是很多喔。不過，眼光放遠來看，要是你持續努力下去，持續成長的話，今年之內有辦法達標的可能性，可是挺大的呢。」

「真的假的……」

是那個泉優鈴喔。身為現充的，嗯，雖然其實很脆弱啦。

「對。」她一邊吃完聖代一邊這麼說。「總之我說的是可能性。」

「妳還真會吃啊，整個吃完……」

「那麼，你決定好了嗎？小風香那件事。」

「嗯，算是吧，雖然有點猶豫，不過，幾乎算是決定好了。」

「……這樣啊，嗯，我就不問你答案的內容了。等你實行之後再跟我報告。」她一邊這麼說一邊拿出錢包。「如果，你要跟她約會看看的話，可以用這個沒關係。」

「……電影票？」

「對。下個星期天的，瑪莉・瓊的試映會。」

「試映會……？是說約她看電影比較好嗎？」

「算是吧。不過重點是，畢竟是第一次約她出去玩，如果太過強制也只會給人不好的印象喔。用這個的話，表面上就能說是剛好拿到票但是沒人能一起去所以就約她，加上日期是固定的，所以她就算不想去也可以說當天有事而輕易拒絕。而且，如果她要去的話，看電影跟其他的約會方式比起來，就算對話比較少也沒關係，看完電影之後也能有共同的話題吧？」

「原、原來如此……」

「而且，如果對方真的有心想跟你出去，就算那天真的沒辦法，也會說改天再去哪裡玩之類的，主動約你的可能性很高。總而言之，風險很小喔。」

「原來如此……嗯，雖然我還沒完全確定要怎麼做，我還是先收下了，謝啦。」

「好。」然後她就直接拿著錢包站起來。「抱歉，今天我只能待到這邊。我也有很多事情要辦。畢竟東西幾乎都是我吃了，特地把你叫到都內也會耗一些交通費，這裡的錢就讓我出吧。」

我想對她說「不，沒關係」，不過這傢伙說了那些之後應該也聽不進去，所以我就直率地說了「這樣啊，不好意思。」

＊　＊　＊

當天晚上。我就像平常一樣，用從日南那邊借來的數位錄音機錄下自己的聲音再聽聽看，重複這樣的流程而進行音調的練習與複習。

這時，我想要播放結果操作失誤，按到了奇怪的按鈕。

「啊，糟糕，這是怎樣？資料夾切換了嗎？」

檔案數的地方本來顯示的應該是「63」，但現在顯示的是「781」。

哇——該怎麼辦，要怎樣弄才能弄回去啊？

我碰壁了幾次而按著按鈕後，就開始播放那個資料夾裡面的聲音檔了。糟啦！擅自聽這個的話不太好吧！我這樣想，慌忙地想要按下停止鈕——不過對一開始聽到的聲音感到驚訝，不自主地停住了要去按鈕的手。

『就是這樣子才會被島野學姊甩了！年紀比較小的果然是靠不住……不對。』

咦，這個是。

『年紀比較小的果然……嗯嗯！年紀比較小……啊——啊——啊……年紀比較小的果然……啊！』

這個是，在家政教室，幫了我、深實實，還有小玉玉的時候的。

『「就是這樣子才會被島野學姊甩了！年紀比較小的果然是靠不住……你被這樣說了吧！」……就是這樣了。年紀比較小的果然是靠不住，年紀比較小的果然是靠不住……好。』

然後錄音在這裡中斷。

畢竟是人家的隱私，總是不會想把別的錄音也聽下去。不過，光是剛才那段就已經足夠理解。已經傳達得非常夠了。讓我知道那傢伙到底哪一方面最厲害。至今雖然多少都有體會，不過剛才那個讓我清楚地實際感受到了。

那傢伙厲害的地方就是，有好好地要讓自己變厲害而持續下去。

＊　＊　＊

隔週。

週一到週二的兩天內，只要到下課時間就會跟泉稍微聊聊關於AttaFami的事，這種情形受到周遭感到意外的注視，不過也就是發生這種事的程度，沒特別引起什麼事件。

泉以比預料中迅速許多的步調把招式都背了起來，而我告訴她「照這樣下去的話，這週之內應該就會達到能跟中村對戰的程度」之後，她十分高興。收了一個好徒弟啊，而且坐在旁邊也容易交談。

跟日南的作戰會議也沒有很多話要說，就像之前一直提到的，要做姿勢、表情跟語調的練習，還有話題要毫不鬆懈地一直背下去，以及要盡可能跟泉或菊池同學進行對話，頂多就是這些。

然後是星期三。今天這天，是跟日南相遇之後，最劇烈波動的一天了。

6　攻略迷宮之後回到村裡有時會遇到強大的頭目

今天有要換教室上的課。也就是說，在上課前去圖書室的話，就會變成跟菊池同學一對一。

今天也從早上開始就跟泉講了幾次話，確認了一些跟AttaFami有關的事之後，到了換教室上課前的下課時間。就像平常一樣，不過實際上懷著跟平常不一樣的心境，我前往圖書室。

打開圖書室的門之後，就看見菊池同學已經在那裡了。菊池同學注意到我之後就微微露出高雅如同春風一般的笑容，是個美人啊。然後視線又快速地回到她在看的那本書。如果她那邊又主動提起那個好像叫安迪的話題的話是很輕鬆，不過這次似乎不從我這邊去搭話就不行的樣子。我想辦法不嚇到她而響起適度的腳步聲，同時朝菊池同學靠近。到了離她很近的位置後，菊池同學就以彷彿一條聖龍般極盡華美的動作轉了過來。

「嗯……？怎麼了嗎……？」

還是老樣子，如同天使的眼淚落下一滴在鼓膜上頭一般，滲入身心的聲音。

「啊，有些話想說……」我一邊說一邊把菊池同學旁邊的椅子拉出來，調整成隔開適當距離的位置之後坐了下去。像我這種純粹的非現充，要是在極近距離沐浴在美人的神聖氣場之下，就會讓身體溶於光芒而蒸發消逝。

「怎麼了……？」

「呃——那個啊。」受到她那實際上應該黑溜溜，卻不知為何看起來蘊含妖精魔力而呈現深綠色的眼瞳所注視，我的決心感覺就要產生動搖。

「是關於前陣子那個，安迪？的話題……」

「啊，嗯……！」

菊池同學的眼裡凝聚了更多光芒。不過，我要下定決心。

「其實……」我把已經決定好的答案，開門見山地說。「我喜歡那個作者的事，是假的。說起來……那個人的書我連看都沒看過啊！」

可愛地歪歪頭的白鼬，不對，是菊池同學，眨了眨眼睛。

「呃……？」

菊池同學不只能散發像是妖精或天使的氛圍，就連如同幼小的孩子一般的純粹氛圍都能散發出來。我對這種情形感到驚訝的同時，這樣說下去。

「我是說真的喔。」

「咦……？可是，實際上有在看……」

那是理所當然的疑問。畢竟每次都在圖書室把書攤開，會以為是那樣也是情有可原。

不過不是的。因為啊。

——我告訴她，自己真的有夠喜歡AttaFami的事、因為那樣才會把有空的時間都撥到那方面去的事、會來圖書室是因為討厭太早換教室就會感受到的那種氣氛……以及，我只是一直裝成在看書，其實都在檢討AttaFami的戰法的事情。

「所以，我……對那個叫安迪的人也沒有喜歡還是怎樣，真要說的話連讀都沒讀過。只是，那個時候不知道該怎麼說明才好，當下就那樣帶過去了。」

菊池同學她顯露不像是責備也不像是原諒，只是純粹地覺得很可惜一樣的表情。

「原來，是那樣啊？可是，小咒語呢……？」

「小咒語……？啊！欸逼什麼的嗎？」

「嗯……那個時候看的書裡面出現很多次……再見、期待再相逢的小咒語……」

「啊，常常出現啊？不過就算那樣也沒錯，那時翻開的頁面上也有寫那兩句，我想說要撐過當時的場面，就自然地馬上說出來了。」

「原來是那樣啊……」

「嗯，所以啊，那個，要給我看妳寫的小說的約定也是，不對的吧。算是誤會……應該說，畢竟是從我的謊言起頭的約定……對不起。」

「這樣啊……原來是這樣呢。」然後她呼的一聲流露氣息。「麻煩你不要在意。」

菊池同學就像是要洗去我的罪惡意識一般給予我赦免的微笑。如果不是單純我太高估自己的話，她的表情看起來也給人一種寂寞的感覺。

然後，就是接下來該怎麼做了。我一直到行動之前都還沒決定好。道歉之後，要邀她看電影，還是不要邀她呢。我輕輕地碰了一下放在內袋裡面的某場試映會的票券。

「……可是啊。」我感受著心臟怦怦怦的鼓動，而這樣開口說出來。「畢竟我想我還是會來圖書室……下次，跟喜歡的作家之類的無關，我想跟妳平常地聊聊天，這樣。那個，叫做米歇爾．安迪的作家的書，我也是有想說要去讀讀看……這樣的話，妳覺得怎樣呢？」

我的這個提案，使得菊池同學一邊扇著她長長的睫毛一邊輕快地眨了眨眼，後來她散發不像平常那種奇幻的感覺，而是符合這個年齡的女孩子的那種氣氛，看起來很開心地笑了出來。

「……啊哈哈哈！友崎同學，不是米歇爾，是麥可喔……你真的，沒有看他的書呢？」

「啊……是麥可啊，呃——啊哈哈。」

「呵呵。」

「不、不過，就這種感覺，呃——我下次可以……再、再過來嗎？」

然後菊池同學，以一個像是透過枝葉縫隙灑下來的陽光一般和煦且蘊含人性的笑容，說了這樣的話。

「……當然，可以喔！」

因為那個表情而不自主地害羞起來的我，只說出「太好了，那先這樣」，就離開圖書室了。

然後我快步地走向家政教室。

我覺得在那種情況下約她去看電影就太狡猾了。我對她說的還只是一堆謊言，而且我覺得菊池同學她，大概還沒擺脫那種跟別人喜歡同個作家的興奮高揚的餘韻。如果是這樣，假如要約她，我覺得沒等到那些事物全部消逝之後的空白狀態下再提出來的話就太狡猾了。我覺得那樣並不誠懇。所以我心裡才會想，這樣子就好了。

我就像那樣靠自己的方式努力對菊池同學的事情做了個了結，以清爽的心情過了一整天。下課時間跟泉稍微聊了一下跟 AttaFami 有關的事，然後泉就會去跟後面窗邊的那群現充會合，而我就那樣在自己的位子上一個人度過，像這樣的流程也變成固定的了。日子像這樣過下來，我自己也能感受到有所進步，也培養出了自信。

——也就是在這種時候才會有事件發生。

＊　＊　＊

「友崎。」

「咦？」

放學後，聽起來沒那麼熟悉的聲音叫了我的名字。

看過去之後，發覺是跟中村關係不錯的——竹井兩手環胸而瞪著我。他旁邊則有面無表情的水澤把觀察事物一般的視線投過來。他們是家政教室那件事的時候跟著中村的兩個人。

「過來一下。」

「呃？」

這是怎樣。他們是來傳話的？畢竟是這兩個人過來，所以認為跟中村有關的話應該八九不離十吧。不過，是怎樣？AttaFami那件事，照日南的說法應該已經把氣球的氣都洩光了才對，我是做了什麼會讓中村心情不爽的事嗎？還是其實不是那種負面的傳話？不不不，這種口氣聽起來不會是那樣。

「好了，快來這邊。」

講一堆有的沒的應該也無濟於事，看來也只能跟過去了。我想確認日南有沒有把這種狀況看在眼裡，而環顧教室之後，沒看到她……應該是先去第二服裝室了吧。也就是說這場突如其來的頭目戰，看來是只能靠自己努力了。

他們帶路，應該說我被他們強行帶過去而抵達的地方是職員室的斜對面，以前好像是校長室但現在沒在使用的空房間。裡頭設置著還是校長室的時候留下來的，十分老舊但多少還能使用的沙發跟桌子，還有小型的映像管電視跟其他東西。

而且，那裡除了中村之外還有幾個現充集團的男生在。

「……呃——？」

包括竹井跟水澤總共六個人。這是怎樣。我等一下是要遭受私刑還怎樣嗎？

「喔——友崎。」

是中村。單純只是叫我的名字就讓我感受到威迫感。不自主地移開眼光後，視野中跑進了某個看習慣的東西。咦。那個遊戲機是——

「呃，等等，是要玩 AttaFami，這樣嗎？」

沒料到的發展讓我陷入混亂。咦？難道是要扳回一城？

「就是這樣。好了，你快坐到那邊。」

遭到催促之下坐到已經備好的手把前面之後，遊戲機的電源就被打開。電視畫面播映著已經看習慣的開頭影像。

「等、等一下，是要怎樣。」

中村的跟班們無視陷入混亂的我，離開了我跟中村，在房間比較後面一點的地方排成一排。

「就像你想得一樣啊。」

中村以低沉的語音如此告訴我，也就是說——

「你要，扳回一城？」

中村稍微咂舌，對我嗆一句「你那種說法太囂張了。」

「不，可是啊……」

我回頭看向後方，有圍觀的人群。也就是說，接下來在這裡所發生的事全部都有人證。上次對戰的時候，真要說的話我是壓倒性過頭的壓倒性勝利。不過，知道實力差距有多大的恐怕只有我、中村跟日南而已。也就是說，就算其他人以為差距只有一點點的程度也不是什麼不自然的事情。

不過，要在這裡發生的對決可不一樣。就連內容的細節，都會完全遭到目擊。

中村在這幾週說不定確實累積了許多練習。從那種程度的實力往上認真累積練習的話，應該會到達能夠輕鬆地零失誤解決在場所有跟班的程度吧。不過，這跟那種情形不一樣，因為我強過頭了。在這種短時間內不管累積多少練習都是微不足道的。更何況，就算要比那場對戰之後實力提升的幅度，我也有自信說是我的幅度比較大。假設要抱持認真再認真的心態進行戰鬥，做好把風險迴避到極限也沒關係、戰鬥時間要多長都沒差的覺悟的話，就連零損傷過關都在我的視野之中。就算沒做到那樣，要零損傷過關應該也很容易吧。

所以，這種對戰是不能進行的。這可不是丟人現眼的程度。如果我有辦法手下留情還好，但我玩 AttaFami 的時候是絕對沒有辦法手下留情的。所以，這樣不行。

「不要玩，一定會比較好。」

「你這傢伙……真的別太囂張啊。」

畢竟我是在觀望圍觀人群的時候說出剛才的台詞，我想他恐怕以為我的意思是「你會丟人現眼喔？」這樣吧。又把他惹得更生氣了。這也是當然的。不過要我把那句話說得委婉一點的話我真的沒辦法，我還差得遠呢。

「不，我不是那個意思，我是認真的。你確實是每天都在練習的樣子……就算這樣——」

我說到這邊就停了下來。要是我對他說就算這樣也沒辦法彌補實力差距之類的話，一定只會讓他更生氣。不過幾乎都說出來了，說不定為時已晚了吧。

……我這樣想的時候，他說了意料外的回覆。

「我有在練習的事，你從誰那聽來的？」

至今為止最有壓迫感的說話方式。咦？點在這？

「呃，沒。」我也沒有隱瞞的必要所以說出來。「從泉那邊聽的。」

「……果然啊。」中村的眉間皺了起來。「最近你們好像處得不錯啊？」

「咦？」

……稍等一下。雖然要確定是還早了點，不過等一下。要扳回一城真的是太早了，我是有想過他是不是對其他的事生氣，所以就在氣頭上把我叫了過來，該不會這傢伙……

「為什麼你會跟優鈴處得不錯啊，這很奇怪吧。」

看來真的是這樣啊。說起來你還真有辦法在圍觀之下坦蕩蕩地說這種事啊。就算這樣你還是太扯了啦。我說，我最近會常常跟泉說話，是因為泉希望你能陪她，所以才去努力練習 AttaFami 的喔。我是在泉『為你』努力的時候推她一把，處於邱比特的地位喔。

為什麼這樣的我，要因為跟泉要好令你吃醋還對我嗆這些有的沒的啊。

「不，也不是說要好。」

「那是怎樣啦？」

就算是那樣，我也不能把真相說出來。那種以自保為目的，而把為了戀愛而努力的女孩子的事情透露給對方的行為是最惡劣的。就算是沒有戀愛經驗的我也知道。這樣的話，現在只能靠我自己的力量撐過去了。

「不，就不是那樣，就算是好了，在這裡對戰也不對吧，應該要到誰家裡之類的地方再打。」

「家裡……？對啊……你這傢伙，好像去過優鈴家裡啊？有目擊者這麼說啊。」

真的假的，現在弄到火上加油囉？不行了，這一定生氣的啊。噁心阿宅玩遊戲把他打得慘兮兮還說一大堆得意忘形的垃圾話，這次還跟他自己喜歡的女孩子，雖然還不確定喜不喜歡反正就是那樣的女孩子，處得還不錯，最後還去過那個女孩子的家裡，這下沒辦法了。會生氣。這不是我有辦法閃躲的問題了。

「啊——呃，那也有點內情的說……」

「……是怎樣啊？」

「……不，抱歉，我不能說……」

我也想不到能說什麼謊……我說不能說的行為，雖然不知道是不是被他當成了『我跟泉之間的祕密』，不過反而讓中村的氣焰更加高漲，而說出「別說了，開打啦。」並且用力地握住手把。

不過我還是，「可是……」「怎樣啊。」「不……」「你講話的方式很噁啊」，像這樣以拿手的噁心特質來拖延時間，死纏爛打地尋找有辦法改變狀況的事物。希望會是日南。覺得我沒出現在第二服裝室很可疑而收集資訊，立刻跑來這裡的發展對她來說一定是可以輕鬆做到的事。不，只要多爭取一點時間，她一定會來。她就是那樣的人。

我像這樣發出我的祈禱而重複著沒有意義的問答的時候，房間的門砰的一聲打開了。神啊！

「打擾囉——呃，咦⁉友崎⁉」

時機差到我笑了，指的就是這種狀況吧。泉過來了。難以置信。

「優鈴，妳搞什麼，不是叫妳別來了嗎？」

「啊，抱歉，修二，不，不，我想說差不多，可以……跟你……一起玩了……」

不知道是不是因為感受到這間教室裡瀰漫的不尋常氣氛，聲音迅速地萎縮了下去。中村，抱歉。這個，對你來說是最慘的狀況啊。是因為我跟泉說這週之內應該可以跟你對打，還有剛才沒意義地拖延時間所造成的。所以這一切都是我的錯啊。早知道這樣早點打一打就好了。在被泉看見的狀態之下，已經沒辦法退場了吧。有沒有什麼辦法能讓她離開這裡啊。

「算了，沒差。妳啊，好好看著喔，現在要開打了。」

「咦，嗯……!?我知道了！」

啊——啊。搞砸啦。已經不行了。泉混進了排在後面的那群跟班。

「優鈴～就說沒用了嘛～快點回家啦～」

隨著聲音再次從開著的門走進來的是，泉之前提過的紺野繪里香，還有她的跟班們。漂白過的亮麗頭髮加上短短的裙子。紺野繪里香在那群人裡面也是超群出眾，華麗又顯眼。

「咦？這是怎樣？」其中一個跟班這麼說。「我現在要跟友崎對戰了啦，好好看啊。」中村這樣說。啊——啊。紺野軍團也混進中村的跟班裡了。這是怎樣啊。現實生活很充實的全明星大激鬥Attack Families還怎樣嗎？為什麼要做這種自殺行為啊。我不管了喔。

「這樣夠了吧友崎。都到這關頭了你可逃不了啊。」

「唉……」我做好心理準備。話說在前，我一扯上AttaFami的話就沒辦法放水了啊。

「……逃不了的是你啊，中村。」

在各種層面上都是。

＊　＊　＊

之前恐怕只有中村看過的、我囂張起來而回嗆的行為讓圍觀人群鼓譟起來。「呼——！」「真會說耶～！」「那個是友崎吧!?」「整個炒熱起來啦！」。吵死了吵死了。我不管了——既然只能做的話就做下去。遵從美學而認真做到底。就好好怨恨拿了跟 AttaFami 有關的事來對我找碴的自己吧。我在 AttaFami 的舞台上可是最強角色啊。「還是老樣子很會講啊？友崎？」中村碎碎念這些話的時候明顯地很生氣。不管了不管了。要揍我就揍啊。如果能這樣就當場結束的話也沒關係。不過要我做，我就會做到底。就只是這樣。

「那種話就別再說了。要對戰？還是算了？」

我看都不看中村那邊就把手把拿起來，同時以冷漠的情緒對他吐出這句話。已經夠了。要是開始對戰的話，接下來只需要把自己託付給至今為止的經驗。從河川的上游坐進桶子，然後維持打坐的姿態漂流到出海口。那種情況不需要多餘的理論。只是以自己至今的經驗，讓自動產生的感覺導引出條理而流向正確答案。「當然是要打啊。快點把角色選一選。」他這樣的話我有聽到也好像沒聽到，我就像平常的狀態一樣選擇一直在用的角色。嘖。從很近的地方傳來了咂舌一般的破裂聲響。這樣啊。中村選擇角色。還是一樣是Foxy呢。開打吧開打吧。

戰鬥開始，那一瞬間我就已經跑向中村。中村就像要配合我一樣微微跳躍，打出兩發遠距離彈。將小跳躍的著地與遠距離攻擊組合起來而消除發射後的空隙的技巧。那是以前的中村沒辦法用出來的小招式。看來是練習過吧。不過那種東西沒辦法阻擋我的流勢。沒有疑惑也不會焦急更不會大意，我只是以自己知道的正確流向讓Found順著漂過去。來往拆招的時間到了。

你這人靠練習到底學會了什麼，我根本不知道也跟我無關。對你而言說不定是非常重大的成果吧，但從我的角度來看，那跟沒成果是沒兩樣的。非洲的某個國家的奇怪螞蟻，好像長出翅膀而變得能飛了喔。哦——是那樣啊。跟那種事是一樣的。中村對突進的我所設下的誘敵招數，被我以技術與經驗完全擊潰。我用瞬錯開了五次接近的時機。喀嚓喀嚓喀嚓喀嚓。他不可能有辦法應付這種超出知識的亂七八糟的動態。我抓住滿是空隙的中村，把連續技接到他掛掉為止。先拿下了一命。

「剛才那是怎樣？」「動得好噁。」「沒這種的啦——」「咦？」群眾陷入困惑了。雖然很可惜，不過這場比賽，剛才的情況再重演三次就會結束了。不過瞬的五連發畢竟還是出其不意以賣相為主的招數，再用就沒辦法湊效了。所以接下來的正確做法就是自己讓他看到跟剛才不一樣的招數。看到好幾條發展突然亮了起來。有七到八種可以用，不過該用哪個好呢，嗯，這個就行了吧。

我刻意一直用稍微晚一點的時間點發出衝刺攻擊，讓中村的防禦在有點跑過頭的地方停下來。以為我滿是空隙而停下來的中村就當場使出抓技。可惜。因為你跑過頭了所以我就在你的正後方啊。我轉向投擲技落空而滿是空隙的中村並把他抓起來。投擲。連續技。拿下第二命。

「咦？」「沒辦法掙脫嗎？」「被抓到就完蛋了？」「什麼鬼啊，太糟了。」「沒這種的啦。」可以掙脫喔，如果技術夠好的話。焦躁起來的中村的操作精確度下降了。這樣的話，正確的路途要看幾條就有幾條。一直閃一直閃一直閃。好耀眼好耀眼。到底有幾條啊該走的路，那我就直直走吧。要是迷路的話只會讓眼睛痛，而且不管選哪條路都沒辦法改變擊墜中村的那種結果。

單純的衝刺攻擊，遭到防禦而被抓起來。「哦。」「抓到了！」圍觀群眾鼓譟起來。中村的攻擊第一次對我奏效了。中村應該是打算繼續接連續技，不過他不知道吧。對於沒有蓄積損害的狀態的 Fouud，Foxy 確實是只要沒有錯開擊飛方向就能從投擲技開始接連續技，但要是錯開的話反而會讓 Foxy 露出空隙，而被對方接起連續技啊。不過，要是練習對手中沒人會對他那麼做的話他也沒辦法發覺啊。該恨的是環境。

砰——拿下第三命。

「……」「……」「……」圍觀人群沉默了。這是當然的啊。我到現在都是從投擲技開始接連續技打到他掛而拿下了兩命。不過在大家覺得「中村終於反過來抓住友崎囉！」的下一個瞬間是中村被擊墜。既然都已經變成這樣了，接下來就只是單純地掃垃圾，輕鬆的，照流程做。顯現在我眼前的已經是數條光明道路所聯結的遼闊廣場，無論朝哪個方向走出去都會抵達目的地。感覺就像在飛一樣地蹬著地面。身體浮了起來，往天上飄去。往下看就發覺廣場的右前方延伸出形狀非常複雜的路線。雖然不管往哪裡走都會到達同樣的地點，不過機會難得就練習吧。我就沿著那條路走看看。

我朝中村的方向跑過去，小跳躍。空中後A。往右瞬。橫向A。小跳躍。空中上A。著地。跳躍。按住一下子B空中發射。著地。在對手著地地點用衝刺抓。下方投擲。跳躍。空中前A。空中前A。空中跳躍。下B。著地。按住B。跳躍。空中跳躍。下B。上B。著地。小跳躍。B發射。衝刺。降落崖邊。空中前A。空中跳躍。下B。

第四條命。

比賽結束。

＊　＊　＊

唉。搞砸了。為了克服這種充斥壓力的狀態而認真專注了起來，結果沒必要地把他打得更加慘不忍睹了啊。

「……可惡。」

中村咬牙切齒，以忍住苦澀的表情小聲地說。觀望著此景的人群，則是完全地無話可說。這也是沒辦法的。總共四命卻連一命都沒打下就落敗，這種情形除了實力差距之外沒有其他方式可以形容。

我拿下他第一命的的時候還有「玩得太拿手了好噁喔」這種給人下馬威的話，不過恐怕是因為中村真的是全心全意地認真在玩的關係吧，人群自然而然地沉默下來。

往後面看之後，除了紺野繪里香以外的人沒半個看向我這邊。我跟她有點尷尬地四目交接，浮現像要帶過這種氣氛的笑容，而點了點頭。啊，真的對不起。不過也只能這樣做了啊。就算是我也不想這麼做啊！

因為這裡的氣氛待起來實在太難受了，我只說了「呃——那，先這樣」而打算離開室內，而就在這個時候，我被預料外的聲音挽留。

「……再打一場。」

說出這句話的不是其他人，而是中村。

——在說什麼鬼啊，這傢伙？再打一場？剛才的比賽內容都那樣了耶？不，沒意義吧。辦不到的。這樣說不誇張，就算打一百場你也贏不過我啊。那樣做真的沒意義吧。

「不，但是……」

「我剛才不是說，要再打一場了嗎，快點把手把拿起來。」

「……呃——角色要換……」

「保持原樣就行了。我也保持原樣來打。我沒有打算怪在角色身上。別瞧不起我。」

「……我知道了。」

中村對圍觀的群眾連瞄都沒有瞄一下，只是一直注視著遊戲畫面而那麼說。圍觀群眾的表情像是目瞪口呆一樣，也像是感受到了些許的恐怖一般，就那樣注視著中村的背影。

莫可奈何，我握起了手把。

因為沒有像第一戰那樣的思考加速狀態，受到的損傷是比剛才多了一點沒錯，不過又是一命都沒失去就勝利了。

不，那是當然的啊。我回頭看向圍觀人群，在低著頭的大家之中看見了日南。哦。看來是在第二戰的途中悄悄地進來了啊。她在跟身邊的泉小小聲地對話。想必是在瞭解現場的狀況吧。

不過這種狀況，就算是日南，應該也沒辦法能夠挽回了吧。看起來如果不是我跟中村其中一邊被當成壞人，好好地被判決有罪的話就沒辦法收尾了。

跟泉的對話告一段落之後，日南露出了十分艱難的面色，然後看向我這邊，搖了搖頭。

雖然我不知道正確來說這代表著什麼，不過可以確定是負面的意義。也就是說，恐怕沒有辦法讓這個場面從現在開始大幅好轉了。

「再打一場。」

……我沒辦法相信。

現在，現充男女的主要成員幾乎所有人都集合在這裡，這種狀況下刻意宣稱說要扳回一城，結果一命都打不下來就直接二連敗。明明是這樣，為什麼內心沒有遭受挫折？你這傢伙的心境是怎樣啊？為什麼還要繼續打下去？

「動作快。」

他看來完全不打算聽我這裡的意見。

「……我知道了。」

——然後又是，零失誤的勝利。

氣氛變得愈來愈沉重。就連我都感受到了，所以對氣氛敏感的現充們應該覺得會窒息吧。我回頭看之後，發覺除了紺野繪里香跟日南的所有人，頭都低到了一般來講會覺得低過頭的程度。日南是面無表情，紺野繪里香則是以嚴厲的表情看向這邊。

「……我，今天還要上補習班……」

紺野繪里香的其中一個跟班這麼說而想要離開。

「我、我也一樣～」

追隨剛才那個人，又一個跟班說出這樣的話。

「別撒謊。妳們幾個星期四才要上補習班吧。」

中村沒有回頭看向她們那邊，不過確實是以威迫的口氣這樣放話。

「啊——是啦。」

「啊哈哈……」

然後。

「再打一場。」

欸，騙人的吧。為什麼啊，中村。

不過，也沒辦法說服他。

「……我知道了。」

——還是一樣，零失誤而得勝。

——然而。

再打一場、再打一場、再打一場。這種事又重複了三次。每次都讓氣氛沉重得更劇烈，但中村的態度一點也沒有改變。然後就在那第三次，我終於沒有零失誤，而是失去一命之後獲得勝利。我可以發誓說，我完全沒有放水。

不過，這樣就好。這樣的話，中村那消化不良一般的痛苦應該也減少了。確實，連戰下來不只沒半次勝利，甚至連一命都打不下來的情況，應該不是單純傷到自尊的等級吧。所以……

「中村，這樣就……」

「再打一場。」

中村的眼神只是筆直地注視著遊戲畫面。

「不，這樣已經……」

「你以為打掉一命我就會滿足了嗎？叫你別小看我了吧。再打一場啊。」

連續對戰開始之後，中村第一次從遊戲畫面移開目光，看著我的眼睛。那是感受不到任何一絲迷惘的眼神。也蘊含著鬥志。看來並不是單純無聊的固執。

「……我知——」

「修二啊～你是不是差不多該放棄了？再下去就讓人覺得很噁心的說。」

我往後方看了之後，發覺說話的人是紺野繪里香。

「說起來你這是怎樣？不過是區區一款遊戲竟然還這麼認真～有夠無趣的說。」

中村轉向後方，用視線刺向紺野。

「……跟妳沒有關係吧。」

「啥？刻意把想回家的人留下來還說沒關係，有沒有搞錯？完全只能認為你的頭殼壞掉的說，好噁～」

不在意中村那威迫的魄力，紺野像是把他當傻子一樣地邊笑邊說。

「我不記得有阻止妳這傢伙啊？妳幹麼留著不走啊繪里香，有夠噁的。」

紺野繪里香的臉扭曲起來。

「哦～你變得會說這種囂張的話了呢。怎樣，前陣子我對你告白所以得意忘形了？真的很噁的說。真是辛苦你誤解啦。不過就是你在班上最顯眼，所以覺得能跟你交往還挺幸運的才告白。要是知道你這麼噁的話才不會告白咧、才不會告白咧～」

是那種輕鬆自在，但也像在突刺內心一般的說話方式。

「哦──但那跟妳心裡怎麼想一點關係也沒有。不管怎樣只是我單純對妳沒興趣而已。」

紺野繪里香看起來不高興地用食指搔頭。

「說起來不管打幾次你都贏不了嘛，沒意義過頭了看了就想笑。就連我們幾個人看了也知道，你真的有夠弱耶修二？」

「……！」

中村第一次話卡著說不出來，或許是要趁隙追擊吧，「對不對？美佳？」她對跟班尋求同意。這樣的時間點很露骨啊。

「呃，嗯，真的很噁，說起來我真的是想回家了啊。」

打從心底把他當傻子的語氣。

「對啊……就這樣？」

紺野繪里香煽動對方說更多話。這種做法可真猛啊。

「欸，嗯，呃——說起來中村真的遜爆了。死一死比較好吧，說真的。」

「真的耶～」紺野繪里香高興地這麼說。

然後以此為契機，紺野繪里香的其他跟班也對中村追加攻擊。泉保持著沉默。

「說起來妳記得嗎？這傢伙說要扳回一城所以要我們好好看耶？有沒有很糟？」

「糟透啦糟透啦！而且一般來說不會遜成這樣！說起來真希望他把時間還給我們耶！」

「就說啊修二。你真的怎麼想都很噁，又很弱。你・已・經・輸・了。懂不懂？」

紺野繪里香痛罵的銳利程度不是一般地猛。

「跟妳們幾個沒關係吧，沒興趣的話就回去，快點走開。」

中村說話的氣勢果然也弱了下來。

「說跟我們沒關係有好笑到喔！說起來，咦？中村眼裡有淚水耶!?」

「真的耶！欸，這是怎樣！要哭了!?都幾歲了啊!?」

「咦——！玩遊戲輸了還哭出來是幾歲啊!?又不是幼稚園的小孩了～！我說啊，你最近放學之後好像一直都在這練習吧。啊哈哈哈，跟個傻子一樣——而且還輸成這樣？你的努力全——部都沒意義吧？啊，有夠丟臉——真是沒用的遊戲耶。」

紺野這樣子放話之後說出「走吧」而要帶著跟班往外走。看著這幅景象的日南嘴脣微微動了一下的情形，只有我看在眼裡。

——然而，比那個情形還快了一瞬間，充滿怒氣的男人的聲音，響徹這房間裡頭。

「等一下，妳剛才說了什麼？」

到前一刻都還面無表情的日南，顯露了至今所看過的表情之中最驚訝的一副表情。

畢竟嘴裡說出剛才那句話的人，並不是中村或他的跟班，而是我。

「啊？」

被地位比較低的人咬了一口的紺野，看來極度不高興地瞪著我。

「……怎樣？友崎？怎麼了，你是不爽嗎？欸——好噁。」

她用像在敷衍小角色一般的輕浮口吻對我頂了回來。

「妳們幾個只會說噁心之類的話嗎？」

我為了讓瞪過去的行為奏效而努力地嗆回去。

「啊？會說啊～！你那口氣是怎樣，聽起來很不舒服的說～！」

「說起來友崎你是怎樣，還真囂張耶？果然噁爆了～！」

「我說這是怎樣？為什麼你要袒護這傢伙啊？真莫名其妙。」

「真的耶～！說起來他完全說不出話，真好笑～！」

「因為噁心的人跟噁心的人物以類聚吧？真不想跟他們混在一起耶！」

她們說的那些話每一句都深藏著惡意刺著我。雖然她們讓我知道我會被這樣反咬回來，但我的手還是在顫抖。

「真夠無聊的。不過妳們幾個是不會知道的吧。」

「啊？」

語調的練習、表情的練習、姿勢的練習、說話方式的練習，我開始做那些事情之後，第一次瞭解到這些傢伙在那些事情的層面上，是遠遠比我高階的存在。她們每一天都持續鍛鍊著那種技術。她們自由自在地操縱那些事物，到了我根本沒本錢跟她們比的地步。然後這幾個人，也老早發覺我就是比較低階而瞧不起我。所以我說的話不管內容怎麼樣，應該都沒辦法傳達過去吧。

「我啊。」我慢慢地開始說。用我所能做到的，極限的、認真的語調。「我最討厭把比賽輸掉的情形，怪罪到狀況、角色那些東西上頭，自己不去努力而找藉口的那種人了。」

「啊？」

「所以怎樣？」

「你講什麼東西？」

「吵死了！」我盡全力大聲叫出來。「……之前我贏過中村的時候，中村他找了藉口，說是角色的問題。那時我想說這傢伙怎麼會這麼無趣。不過啊，現在又怎樣？在這麼多人前面！慘敗成這副德行！就算這樣還是不找藉口一戰再戰！後來終於抓住從我這裡打下一命的這種成果！妳們幾個應該不知道吧，這種行為有多猛！有多偉大！」

就算是我，也有那種不能饒恕的事。

所以我對於紺野繪里香說出來的那句話，不管我變成怎樣，我都一定，不能饒恕。

「啊？」

「說啥啊？」

「說起來沒贏就沒意義了吧。」

「中村他啊！已經不是那種，會找藉口的人了啊！」

然後我深深地吸進一口氣，而這麼叫出來。

「不過到這個時候了，那種事怎樣都沒差啦！」

這句認真說出來的莫名其妙的話，讓跟班們無言以對。

然後我朝紺野繪里香的眼睛直視過去，紺野繪里香瞪回來。是很可怕不過我絕對不會別開眼神。

這就是我的志氣啊。

「紺野，剛才妳有說吧，說了『真是沒用的遊戲耶』。」

面對這場戰鬥的等級與裝備都不夠充足，而且就連彌補的對策都沒有，想必是一場明顯看得出會落敗的戰鬥，但只有這個我絕對不想退讓。這些傢伙應該不知道吧。RPG裡頭常常有，那種就算HP耗到零也無法打倒敵人的戰鬥事件啊！

不過，這次是不是那種戰鬥，我也不知道就是了！

「聽好了，我啊，討厭輸了還找藉口而不去努力的人……不過！」

所以我，順著『只是我個人覺得很不爽』的切身想法，而叫喊出來。

「……不過我啊！對於把AttaFami拿來取笑的人！更加討厭啊！」

跟班們完全地目瞪口呆，什麼話也說不出來。現在是我跟紺野在互瞪。

「聽清楚了，這款遊戲是神作！遊戲平衡度也很好。只要磨練下去實力要升到多高就有多高，而且沒有無法掙脫的招式，只要磨練技術的話根本沒有接到死的連續技！角色滿溢著個性與創意，全部都是抓到別的遊戲裡頭就可以獨撐大梁的角色！不只這樣還有許多隱藏要素、單人遊玩要素而且竟然還對應連線！再加上連線環境有夠好，可以毫無壓力地對戰！支援應對也很好！更不用說！跟通常攻擊不同的必殺技，還有效果誇張的超必殺技，也讓輕度玩家能夠樂在其中！AttaFami是一款顧慮到核心玩家那種不停鑽研的需求，也在配合輕度玩家的大眾度做到平衡，完全讓這兩種相反的要素同時並立的，不朽的名作啊！」

「啊？說什麼噁心的話，你想說的就這——」

「可是到了這個時候！就連那種事！都——不重要了！」

我喊到喉嚨都要破掉的程度。紺野繪里香也目瞪口呆了。

「妳們幾個開什麼玩笑！什——麼『努力全部都沒意義』啊！說什麼屁話！像妳們這種王八婊子根本就不會懂吧！中村他！不是只有現在！是在這幾週！都拚命地不停努力啊！」

中村對我這邊投以驚訝的視線。

「我懂的啊！聽好了，第二戰第二命的時候掙脫我的連續技的動作！那個啊！真給他有夠難的！不是一朝一夕就能做到的操作啊！只能猶豫幾十幀！一般來說光要穩定用出來就要練幾個月！要在這種讓人緊張的場面實踐又更難！不是能偶然操作出來的東西啊！懂嗎⁉還不只那樣！最後一場比賽擊墜我的時候的動態！那是連我每次用都會擔心會不會成功的操作難度夭壽高的連續技啊！ＭＬＪ！是叫做Moon Light Jewel的爆難連續技啊！有夠猛的啊！中村他！聽好了！把耳朵裡挖乾淨聽清楚啊！雖然妳們幾個應該不會懂啦！中村他啊！是持有目的！確實！每天！沒逃避！就算不爽也一直打一直打一直打一直打，然後就像現在這樣，實際上說不定是真的很小啦！但他抓到了成果啊！」

我幾乎都是在鬼吼鬼叫。

「所以妳們不該笑中村！不該嘲笑別人的努力！全心全意努力的人啊！比起任何東西！都一定！還要更美、更正確啊！」

然後我陷入了視野不知道是一片白還是一片黑的狀態，就算這樣我還是──

「我啊！討厭輸了還找藉口而不去努力的人！也討厭把 AttaFami 拿來嘲笑的人！不過啊！比起那些事情更重要的是！」

全心全意地，叫了出來。

「妳們這種沒去努力還嘲笑別人的努力的人啊，我最！討厭了啊！」

＊　＊　＊

沉默。紺野繪里香什麼都沒有說，跟班們都在對紺野繪里香察言觀色。中村保持驚訝的模樣而愣在那邊一直盯著我，中村的跟班們看來是覺得待得很不自在而扭扭捏捏地動著身子。日南她的眼睛有點溼潤。真的假的啊喂。真不愧是演技派的。這傢伙真猛啊。

在這種狀況下最先行動的是紺野繪里香。

「……噁心，你講那什麼鬼啊。」

以這句發號施令為信號，跟班們也起死回生。

「真的耶。」

「認真個什麼勁，不過就是遊戲而已。」

「真有夠噁的。」

啊，不行了。原來如此啊。這就是所謂的『氣氛』啊。剛才，由於紺野繪里香所說的話而讓『認真起來談論的行為』變成邪惡一方，她制定了這樣的規則。我親身感受到了這種事。

我就到此為止了。已經彈盡糧絕了。接下來就交給妳了，日南。就連我都做到這種地步了。

如果是妳的話，想必能做得更好吧。

我對日南使了個眼神後，日南就微微地露出笑容而點頭，然後朝向前方，動起了嘴唇。

「咦——可是我覺得那不壞啊。對那種事認真起來的話。」

然後響徹了房內的，是活潑且惹人憐愛的聲音。

——不對，是活潑且惹人憐愛，卻好像又帶點怯懦的聲音。

咦？好像帶點怯懦？

「……啊？什麼意思？**優鈴**？」

紺野繪里香的眼神銳利地朝向泉。咦!?泉、泉!?

看向泉的身邊，發覺日南她沒把話說出來而呆愣地張著嘴脣，就那樣整個人僵在原地。

「呃，不——該怎麼說呢？就是啊，像那樣子果然、也像少年一樣很美之類的……？」

「哦？不是要袒護我而是袒護友崎那邊就對了？」

泉她已經，顯而易見地顫抖著肩膀了。

「說、說起來啊！不是那樣，最近呢，那個，叫 AttaFami？的那個遊戲啊？我也有試著玩玩看啊——不過這東西也挺深奧的呢——！來嘛來嘛，繪里香也試試看！好啦！」

「啊？幹麼把話題扯遠？」

「沒、沒……沒把話題扯遠啦～！因為啊，剛才不是在講 AttaFami 的事嗎？對不對？說起來啊，玩這個要用小跳躍的話意外地很難耶，就算要試也沒辦法那麼順利地用出來！啊，不過我最近有比較拿手了喔——」

「……啥？」

白費功夫到看了都覺得不捨。泉是一個能夠判讀氣氛的人。她自己不可能不知道她現在的狀況是那樣。

「可是啊——！就只有強力的招式發出來的速度有時候會比較慢，要打到對手還挺難的呢——啊，可是，因為這樣，我發現到囉！只要在出招速度比較快的招式打到之後，再繼續接下去就可以了！那就是所謂的連續技吧……!?呃，這是當然的呢！啊哈哈……」

所以這是，雖然很辛苦但忍耐下來，擁有自身意志的行為啊。不過，只看表面的話樣子是不太對勁。從那個泉優鈴身上散發出來的不協調感，再加上那不知理由何在的拚命與一心不紊的舉止，讓場面陷入混亂，模糊了焦點。

「對！所以啊——我覺得要把 Found 用得淋漓盡致很不容易呢——唉，我也是還差得遠啦～不過，Foxy 用起來還更難呢——會這麼說是因為，下降速度很快！這樣子啊～意外掛點的情況就很多呢——唉，AttaFami 真的挺難的。可是我啊，也是打算努力去玩的喔，理由要保密就是了，就這樣啦，啊哈哈……」

在場的所有人都把眼光移向泉。對於在意他人目光的泉來說，這應該是非常難受的狀況才對。

「然後啊——就會想說用其他角色的話如何呢……」

看不下去的日南往前踏出一步，而在那前一瞬間，紺野繪里香先把手放到了泉的肩膀上。

「泉，別再說了。我莫名覺得掃興。」然後轉向跟班。「大家，走囉。」

把泉留下來，紺野軍團從房間裡出去了。然後中村的跟班們也利用這個時機，離開了房間。

啪噠一聲，門關起來之後是瞬間的寂靜。然後下一個瞬間，泉整個人坐到地板上。

「……嚇、嚇死我了……！」

然後一抽一抽地開始哭了起來。真的假的。

中村往那裡靠近。

「笨蛋，幹麼勉強自己啊。妳啊，又不是那種性格的人。」

「可是……可是……！」

中村的手放到泉的肩膀上。欸搞什麼，別隨便碰我的弟子啊。不，可是這兩個人看來兩情相悅所以沒關係吧。真好啊，我也沒差，嗯。

「好啦，什麼都不用說。妳啊，很努力了喔。」

「嗚……！修二～～～！」

「好了啦，來。妳不想讓別人看到這種表情吧？」

中村朝泉伸出手。

「嗯，沒關係，我沒事的……！」

泉就那樣用袖子帶勁地擦掉淚水，擺回一張俐落的表情並且用自己的腳站起來，兩人並肩走出房間……的前一刻，中村只把他那銳利的視線朝向我這裡。然後，用那種只在嘴裡迴響就結束的聲音，細碎地說了什麼東西。那個聲音的音量真的不是那種能傳到我這邊來的，不過不知道為什麼我能聽得非常清楚。而且在那個聲音中所蘊含的意志，就我聽起來的感覺，是貨真價實的。

「下次我會贏。」

然後他又跟泉兩人並肩，走出了這個房間。

呃——？

「……這是怎樣。」

「……我才不知道呢。」

日南罕見地露出整個傻眼，沒有防備的那種表情。

我一邊看著她那張臉，一邊沒有頭緒地思考這次的事件，之後發覺到了一件事。

「啊，說起來啊。」

「……怎樣？」

「妳啊。」

我意識著日南她常常用的，帶著諷刺的那種語氣。

「這次，什麼都沒做耶。」

我與日南相遇之後第一次有辦法，看見她露出那種內心被刺得一針見血的表情。

7　希望製作人員清單跑完後會有結局後的故事

事件結束三天後的星期六。

我跟日南在北與野的某間義大利餐廳，吃著世界第一好吃的沙拉。

「有夠好吃的……」

「呵呵。就說了吧？」

沒想到不是義大利麵或披薩之類的，而是在前菜的沙拉就中招了。意料外的攻擊啊。狡猾。太狡猾了。不過很開心。

享受蔬菜本身的甜味跟沙拉醬完美調和的同時，我們開始了一如以往的會議。說真話是想要盡早一起聊一聊，不過日南收拾殘局花了一段時間，到今天之前都還沒辦法好好地談一談。

「不過還真是，一團糟啊……」

在舊校長室愈演愈烈的一幕，由於目擊者很多而且內容也很不得了的關係，就連細節都傳到了許多人的耳裡。中村連敗的情形、我得意忘形而嗆出來的話、我那種會讓人覺得噁心的玩法、我認真談論的叫喊、我的……奇怪？幾乎都是我的惡評啊。哈哈哈。

然而，事件對班內勢力圖所造成的的影響……是讓人一定會驚訝的情況。影響並沒有劇烈到哪裡去。

中村還是老樣子君臨在金字塔頂端，中村那群跟紺野繪里香那群也是，沒有引起什麼表面上的爭端。兩派人馬互相交流的頻率果然還是減少了，不過在星期五，我看到泉以中間人的立場，使得中村與紺野之間儘管有點彆扭但還是進行了對話。他們幾個也太擅長修復人際關係了。大概是觀察預後而等待恢復的感覺吧。（註17）

在那種情形下要說有什麼地方發生了很大變化的話——是有兩個。

一個是跟泉有關的。泉是為了要親近中村才去練習**AttaFami**的事情，班上幾乎所有人都察覺到了，而產生了守護著某種溫暖的東西一般的**氣氛**。沒有發覺泉的心意的人，班上大概也只有中村而已吧。

說到『遲鈍』的話代表就在講中村，這種公式也已經滲透在整個班上了，至於中村連這種事都沒發覺的情形就變成了一種挺搞笑的狀況。他太沉迷**AttaFami**了。該怎麼說，那傢伙不服輸的特性，說不定有一點做為玩家的才能呢。

然後另一個變化就在中村身上。事件以後，不知道是不是因為輸給我而悔恨，他對**AttaFami**的熱情又更上一層樓了。如果只是那樣倒還好，但他演變成了「現在眼裡容不下戀愛之類的東西啦！」這樣的感覺。他似乎就連短暫的下課時間與午休

註17 預後（英語為Prognosis）為醫學用語，指的是以病人目前狀態來判斷之後的情形。

都拿來用，像魔鬼一般地練習著。

也就是說啊，該怎麼說，因為本來應該處於邱比特立場的我，讓中村忽視泉的事而只會著眼在 AttaFami 上頭了……中村他，大概之前都還挺在意泉的吧。呃——對不起。我造成了反效果。

「不過，就算那樣，對你的不好影響最後沒有很大還真慶幸。」

「……那樣說也對啦。」

沒錯。就連對我的影響，也都比想像中還要少。

從星期三那天開始，到今天之前的那兩天。喜好湊熱鬧而來問我有的沒的的同學也是三不五時就來一下，不過感覺大部分都沒有惡意或好意而是單純受到好奇心的驅使，在我照實回答拋過來的問題之後就「欸——！」這樣而滿足地離去了。沒有因為那起事件而增加敵人。雖然也沒增加朋友就是了。

——只是，中村跟我受害的程度最後會壓到最低限度，都要歸因於日南的暗中活躍。

日南只說了「有很多事要做」而不講詳細情形，連續兩天缺席了會議，不過在那段期間我有好幾次目擊到日南在做的宣傳活動。讓我印象最深的，是她在班上的中心以開朗的口吻說著「咦——！可是連那個修二都迷成那樣了，那個 AttaFami 果然很有趣的樣子呢」之類的話。那就是所謂的置入性行銷吧。悄悄地操作了中村跟 AttaFami 給人的印象。

我想她大概也是用差不多的感覺，幫我做了一些補救吧。嗯……該感謝她啊。

還有，我不知道那是不是她以前也有在說，還是因為跟我之間發生過的事而放開了的關係，我曾看見那麼一次她在同學面前充滿精神地說著「鬼正！」的樣子。這傢伙真喜歡那個耶。

「那，說要報告的是……」

「事件之外的話……就是小風香的事了。」

「啊。該怎麼說，總之發生了不少事。」

然後我就把對菊池同學訴說真相，還有沒約她去看電影的事情做了報告。

日南一副傻眼的樣子而嘆氣。

「你啊，這是讓兩個人好不容易有機會繼續發展的可能性給溜走了耶？欸，你真的有心要進行嗎？」

「不，我有喔。我有我有。」

「……好吧，就算對已經發生的事碎碎念也無可奈何。來想想這種狀況之下該怎麼做才好吧。」

日南這麼說而開始思索著方案。

「……說得也是。」

我則是在這麼說的時候，又對她產生佩服。

這傢伙，果然就是在這方面很厲害。

一直到現在，我都覺得她的『厲害』是莫名地理所當然，但她為什麼會厲害到那種地步，我沒有辦法看得出來。

然而事實上，那是很單純的。是因為她一直都想變得更厲害。是因為她會規規矩矩地接受現狀，而一直努力下去。是因為她會好好地一步一步踏穩，以自己的意志向前走。

所以，她才那麼厲害。

不小心聽見數位錄音機的聲音以後實際感受到那種特性的我，對這傢伙有著，該怎樣說，該說是佩服還是尊敬呢，總之就是抱持著很類似那些說法的感情。

然後，心裡想著「既然那樣的話」的我，又要採取日南沒有指示的行動。

「欸日南……話說回來，這個只是閒聊啦。」

「怎樣啊？」

日南對我投以看似有點警戒的眼神。

我把手放進內袋。然後，我盡可能裝作不知情的模樣，說出這樣的話。

「我有明天的瑪莉・瓊試映會的票，要不要一起去看？」

日南一瞬間露出不知所措的表情，然後轉為看似可恨的笑容。

接著又像我一樣裝作不知情，而這樣回我。

「——啊，抱歉。我明天有事，沒辦法去。」

我努力開朗地說「哈哈哈，這樣啊」而笑著，然後真的打從內心覺得低落。不行嗎——

「不過，說起來。」

「……嗯？」

然後日南她的臉上，浮現了像在守護不乖的孩子的父母一般，既溫柔，卻又帶點像要戲弄人的感覺的笑容，而這麼說。

「等一下我倒是有空，晚點要不要，去看看其他的電影之類的？」

我的腦袋瞬時一片空白。

而且在那之後，我受到不知道理由何在，像是猛烈的高揚感或者達成感那樣的興奮襲擊。不過我想這恐怕並不是『接近現充了』，或者『可以跟女孩子一起出去』，那一類的理由所造成的喜悅。

只是很普通，只是很單純地，『在現實中，以自己的努力，得到了自己想要的結果』。是從那種實際感受產生的，原始性的高揚。雖然只是大概，但我覺得就是那種感覺。

「……鬼正！」

我試著那麼說之後，她指正我說用法有點不對。原來如此，就連這種地方，也只能一點一滴地進步了啊。

畢竟，那就是所謂的人生嘛？

既然這樣，我就好好展現一番。

對於這款遊戲我也只是個新手，不過接下來我會試著把它玩個透徹。

——以上，日本第一的一日玩家，弱角 nanashi 留。

後記

初次見面。我是獲得第十屆小學館輕小說大賞優秀賞這種十分光榮的獎項，而有幸能夠出道的屋久悠樹。

這次，儘管在 GAGAGA 文庫之下出版了輕小說，然而這當然不只是我個人的力量，而是歸功於各方貴人相助才能成形。既然如此，我認為至少在龐大的畫蛇添足，也就是在『後記』也要正大光明地直率寫出心裡所想的事。

說是這樣說，我並不是很擅長談論關於自己的事，就算這樣要解說作品的內容或者主題的話，就好像會變成奪去了各種解釋的餘地，而在離開作者手中的作品多加要求一樣的作業，所以我想這次就說一說關於我看見封面插畫的時候，我感情的動態吧。

首先我在責任編輯傳來封面插畫的時候，因為插畫的可愛而感到驚訝。那張凜然的表情與髮絲的輕盈質感，還有配置了書包與制服外套而滿溢所謂性癖感的構圖等等，各種地方都讓人覺得很美妙，不過最令我感動的是大腿（其他地方我相信之後還有機會能講所以先省略）。

要說我到底對那大腿的什麼地方感動的話其實單純是，我看過去的右邊，日南同學的左腿根部的部分。講到這種地步的話說不定差不多有一半的人會覺得「我瞭解」而點頭，不過就如您所察覺的，是那種蓬蓬的感覺。

不知道該說是肉，還是該說是年輕的爆發才好，不過在大腿根部一帶的那種，蓬蓬的、肉肉的感覺，令我為之動心。

然後當下我就先冷靜下來，從膝蓋開始看那條腿，並且沿著延伸到大腿的線條而往上，然後發覺到一件事。這條腿一開始的樣子是纖細的，看似要表現苗條的凹下去的線條。然而從那邊開始，一經過大腿的根部，以及日南碰觸地面的手那一帶，馬上就變成了蓬蓬的線條了。

我的腦袋裡頭，竄過了電擊。

我直覺感受到在這幾公釐所下的心力，蘊含著十分強烈的思緒。說不定那只是我的擅自解釋，然而我自己對那種想法可是抱持著確信。

而那番確信也是有理由的。是因為火柴人也能做出大腿。我想意思不太好懂所以就再多用點話來修飾，不過用線畫出頭、身體，還有手腳之後，只要在腳的中心部折一下做個彎曲的話，在上面的部分就是大腿了。只要主張那就是大腿的話就沒有人能反駁。至少我是不會去反駁的。

也就是說，只要想表現出『那就是大腿』這樣的情形，就算只有那麼做也足夠了。

要再多下點心思的話，只以直線類的線條圍起來，再把圍起來的部分塗上皮膚色就足以構成百分之一百二十的大腿了。

可是，這次的封面，負責插畫的繪師Ｆｌｙ，是在那裡用了曲線，而且還加上了絕妙的凹凸。這樣的心力所代表的，就是要讓圖畫擁有真實感，要將性癖給注入其中——不，用那種愚鈍的說法說不定並不怎麼適當。這種心力只是單純地，為了賦予日南同學『體溫』而去做的，指尖幾公釐的魔法而已。

持有紙本書的讀者請在封面的大腿上，閱讀電子書的讀者則請顯示封面並且在畫面中的大腿部分，輕輕地用手指碰觸看看。我想用食指應該比較好。覺得如何呢？有沒有在那邊感受到呢？確實的體溫，日南同學的溫暖，您有沒有感受到呢。

至少我感受到了。現在我一邊觸碰著畫面上顯示的大腿一邊只用左手在鍵盤上打字，不過右手的食指前端所感受到的那個，當然是跟碰觸真人的那種物理性的體溫有點不一樣。不一樣喔。這點我承認。不過，在那手指前端有著一點點的，像在騙人一樣卻是貨真價實的體溫，在那邊脈流著。

如果能把這份心情傳達給各位的話，那是十分令人高興的事。

然後該說謝辭了。

首先是第十屆小學館輕小說大賞中與評選有關的各位貴人，以及與這部作品的編輯、出版、業務、販售等各式工作有關的各位貴人，真的十分感謝各位。

還有，儘管嚴厲也給予許多實在建言的岩井責任編輯、報名新人獎之前閱讀原稿，以能夠做為參考的率直感想協助我更改報名用的原稿的同居人T，以及，以可愛又有性感魅力而會讓人嚇一跳的插畫，在我這個小人物的作品上增添色彩，負責插畫的繪師Fly。真的很感謝各位。

最後，是願意拿起這個作品，以及願意閱讀的所有讀者。真的非常感謝各位。

如果可以的話，要是能再陪我繼續走下去就太好了。

屋久悠樹

浮文字

弱角友崎同學 Lv. 1

（原名：弱キャラ友崎くん Lv. 1）

作　者／屋久悠樹　插　畫／Fly　譯　者／李君暉
發行人／黃鎮隆　副總經理／陳君平
副　理／洪琇菁　國際版權／黃令歡
執行編輯／楊國治　美術主編／陳又荻
內頁排版／謝青秀　企劃宣傳／邱小祐、劉宜蓉
出版／城邦文化事業股份有限公司 尖端出版
台北市中山區民生東路二段一四一號十樓
電話：（〇二）二五〇〇七六〇〇　傳真：（〇二）二五〇〇二六八三
E-mail：7novels@mail2.spp.com.tw
發行／英屬蓋曼群島商家庭傳媒股份有限公司城邦分公司 尖端出版
台北市中山區民生東路二段一四一號十樓
電話：（〇二）二五〇〇—七六〇〇（代表號）
傳真：（〇二）二五〇〇—一九七九
中彰投以北經銷／楨彥有限公司（含宜花東）
電話：（〇二）八九一九—三三六九
傳真：（〇二）八九一四—五五二四
雲嘉經銷／智豐圖書有限公司 嘉義公司
電話：（〇五）二三三—三八五二
傳真：（〇五）二三三—三八六三
南部經銷／智豐圖書有限公司 高雄公司
客服專線：〇八〇〇—〇二八—〇二八
電話：（〇七）三七三—〇〇七九
傳真：（〇七）三七三—〇〇八七
一代匯集／香港九龍旺角塘尾道六十四號龍駒企業大廈十樓B&D室
電話：（八五二）二七八三—八一〇二
傳真：（八五二）二五八二—一五二九
E-mail：hkcite@biznetvigator.com
新馬經銷／城邦（馬新）出版集團Cite（M）Sdn. Bhd.
E-mail：cite@cite.com.my
法律顧問／王子文律師　元禾法律事務所
台北市羅斯福路三段三十七號十五樓
二〇一七年五月一版一刷
二〇二一年三月一版六刷

版權所有・翻印必究
■本書若有破損、缺頁請寄回當地出版社更換■
JAKU CHARA TOMOZAKI-KUN LV.1 by Yuki YAKU
©2016 Yuki YAKU
Illustrations by Fly
All rights reserved.
Original Japanese edition published by SHOGAKUKAN.
Traditional Chinese translation rights arranged with SHOGAKUKAN through The Kashima Agency.

日本小学館正式授權繁體中文版

■中文版■

郵購注意事項：
1.填妥劃撥單資料：帳號：50003021戶名：英屬蓋曼群島商家庭傳媒(股)公司城邦分公司。2.通信欄內註明訂購書名與冊數。3.劃撥金額低於500元，請加附掛號郵資50元。如劃撥日起 10～14日，仍未收到書時，請洽劃撥組。劃撥專線TEL：(03)312-4212 ・ FAX：(03)322-4621。E-mail：marketing@spp.com.tw

國家圖書館出版品預行編目資料

弱角友崎同學 / 屋久ユウキ作 ; 李君暉譯. -- 1
版. -- [臺北市] : 尖端出版 : 家庭傳媒城邦分
公司發行, 2017.05-
冊 ; 公分
譯自 : 弱キャラ友崎くん
ISBN 978-957-10-7441-2(第1冊 : 平裝)

861.57 106004623